D0657194

ZONES DE TURBULENCES

DU MÊME AUTEUR

chez le même éditeur

LONGTEMPS APRÈS, 1991

BRIGITTE LOZEREC'H

Zones de turbulences

ROMAN

ROBERT LAFFONT

Couverture : © Archive Photos
© Éditions Robert Laffont, S.A., Paris, 1994
ISBN 2-221-07302-9

Mais le romancier présente des dangers qu'on ne rencontre pas chez les poètes, il ronge, pille et exploite tout ce qu'il a sous les yeux. Avec lui on ne peut jamais être tranquille, jamais sûr qu'il ne vous couchera point, un jour, toute nue, entre les pages d'un livre. Son œil est comme une pompe qui absorbe tout, comme la main d'un voleur toujours en travail. Rien ne lui échappe; il cueille et ramasse sans cesse (...).

MAUPASSANT, *Sur l'eau*

1

On attendait le dernier invité devant l'apéritif. Marie-Agnès se rappelait vaguement celui qui trinquait avec son père, et qui était assis près de sa timide épouse. Sa voix tonitruante, son bégaiement réveillaient un souvenir lointain. Une conversation entre deux jeunes gens. Dans les traits un peu durs de l'homme qu'elle ne quittait pas des yeux, elle reconnaissait l'un des deux.

Où était-ce ?

Elle revoyait une grande maison envahie de vigne vierge au milieu d'un parc planté d'arbres tutélaires sans pouvoir la situer, ni retrouver le nom de ses hôtes. Nombre d'invités allaient et venaient. Certains, sur la terrasse, jouaient aux cartes sous les commentaires de quelques autres tandis qu'à l'intérieur on tirait du piano des notes lentes et tristes. Cela composait une musique mélancolique qu'elle écoutait, assise sur la première marche de la terrasse. Plus tard, elle apprendra que c'était la *Deuxième gymnopédie* de Satie. Sur la pelouse, des grandes personnes jouaient au croquet, tandis qu'une bande d'enfants de son âge courait en tous sens, poussait des cris aigus et des éclats de rire. Elle se sentait incapable de les rejoindre.

Mais où était-ce ?

Marie-Agnès étudiait le bègue aux sourcils en broussaille sous une abondante toison brune, et aux prunelles enfoncées dans des orbites profondes. Ses belles mains étaient dégradées par des ongles rongés. Son rire envahissant éclatait chez les Bauvy plus qu'une incongruité. Comment osait-on se laisser aller dans cette maison habituellement morose où jamais on ne recevait ? La jeune fille envia cette liberté. Si elle en avait fait autant, ses parents l'auraient morigénée.

Elle reconnaissait vaguement ce visiteur à l'éclat de sa voix qui, même dans le rire, avait l'air d'exprimer la colère, mais surtout à son bégaiement. Il avait dû faire partie des figurants debout derrière les joueurs de cartes. Elle ne les avait jamais revus. Une violence contenue en lui la recroquevilla sur elle-même. Elle chercha quelque chose dans ses gestes et ses expressions qui l'aidât à préciser son souvenir. Il parlait d'abondance avec Jacques et Élisabeth Bauvy, les parents de Marie-Agnès, qui l'appelaient par son petit nom : Hubert.

Dix ans ? Douze ? Quinze ? Il devait avoir entre dix et quinze ans de moins que Jacques Bauvy. La trentaine environ. Ils remuaient ensemble de vieux souvenirs. On pouvait comprendre qu'Hubert Chevalier sortait à peine de ses barboteuses quand Jacques Bauvy s'était préparé à la prêtrise et qu'il avait une douzaine d'années, lorsque le séminariste avait renoncé à la soutane. Au pays de leurs vacances, le parc de la propriété des parents d'Hubert Chevalier jouxtait le bosquet de celle des Bauvy, à l'ombre de la forteresse médiévale de Château-Gaillard aux Andelys. Un portillon dans la haie commune demeurait ouvert tout l'été. Les

deux familles se recevaient beaucoup. Victor Louzelergue, l'invité que l'on attendait aujourd'hui,
partageait, à l'époque, ses jeux avec le petit bègue,
mais il habitait chez son oncle Paul un peu plus
loin. On avait mis les deux enfants dans la même
pension à Rouen.

Marie-Agnès les écoutait, démangée par la curiosité. Elle n'avait aucun souvenir de ces lieux que
l'on appelait globalement « Château-Gaillard » en
parlant de l'une ou l'autre des deux propriétés.
Elle reconstituait leur passé à mesure que tombaient des réminiscences de la bouche de cet invité
un peu trop agité à son goût. A l'entendre, Marie-
Agnès eut envie de parler fort, de pouffer comme
lui bruyamment, de choquer à son tour. Mais son
éducation lui avait appris depuis trop longtemps à
s'effacer, à se faire oublier.

— On n'a pas fi-fini d'entendre parler des petites
Ton-tonkinoises ! clama-t-il comme si la conversation
se tenait d'un versant à l'autre d'une vallée forestière.

La jeune fille comprit qu'on parlait de celui qui
allait arriver d'un instant à l'autre.

— Sa femme ne l'a pas attendu, ajouta son épouse
qu'on appelait Mimi. Ne s'est-elle pas remise en
ménage avec un toubib de Lyon ?

— Souvent femme varie..., conclut Hubert, main
en l'air à la manière d'un prophète.

— Ah, pardon ! protesta Élisabeth, elle ne supportait plus d'être trompée !

— Est-ce qu'un pilote de chasse fait vœu de chas-
teté quand il s'en va-va à l'autre bout du monde ?

— Vous oubliez qu'ils ont eu un enfant juste avant
son départ pour l'Indochine, rappela Élisabeth d'un
ton de dame patronnesse.

— Allez sssavoir s'il n'a pas une demi-douzaine de bâtards dans la nature ! On reproduit sou-souvent ce qui a fait de nous qui l'on est, paraît-il.

La jeune fille écoutait, incrédule. Sa mère, cette dame catéchiste de l'école Sainte-Jehanne-d'Arc, imprégnée de religion, et qui enseignait surtout ses aspects terrifiants, l'enfer, le châtiment, les mille obligations, cette dame respectable imbibée des préceptes qui condamnent plus qu'ils ne pardonnent, cette éducatrice rigoureuse qui avait interdit à sa fille, jadis, une amitié parce que les parents étaient divorcés, cette mère-là fréquentait donc des gens si libres ? Marie-Agnès n'était qu'étonnement.

Jamais elle n'avait participé avec ses parents à la moindre conversation où l'on eût exprimé des points de vue personnels, et couru le risque d'un affrontement, même courtois. Dans cette maison de Louveciennes, on égrenait seulement les heures et les journées par une succession d'automatismes bien ordonnés, jusqu'à ce que les années passent, se poussant les unes les autres.

2

Enfin le petit coup de sonnette attendu provoqua une agitation euphorique. La curiosité de la jeune fille en fut aiguisée.

Elle resta contre le secrétaire, tandis que les autres franchissaient, en piaillant, la double porte vitrée. Même Jacques Bauvy sortait de sa réserve, levait les bras, et poussait des petits « Ah ! » ridicules. A chacun de ses « Ah ! » sa veste se soulevait et l'on voyait le fondement de son pantalon lustré, déformé. On eût dit qu'une peau flasque en goutte d'huile le moulait de l'intérieur. Ses épaules tombantes accentuaient le fléchissement de son dos. L'embonpoint de ces dernières années avait épaissi son grain de peau qui transpirait à la moindre agitation. Était-ce lui, l'homme qu'enfant Marie-Agnès écoutait jouer de l'orgue à la grand-messe, le cœur gonflé d'admiration ?

Ce père qui vivait sans bruit, effacé, sous le toit familial, tel un clandestin, ce père qui n'intervenait jamais dans l'organisation ménagère ni dans l'éducation de sa fille, ce père-là que l'on disait secret osait emplir les voûtes du son puissant de l'orgue en pleine messe. En faisait-il alors un beau vacarme ! Il devenait pour elle un géant qui

13

s'adresse au Tout-Puissant d'égal à égal et il existait enfin, bien qu'invisible aux fidèles en prière. Marie-Agnès à genoux l'admirait et le craignait, mais n'avait d'amour que pour sa mère, belle madone recueillie à côté d'elle.

A peine entré, Victor Louzelergue donna l'impression d'envahir la maison. D'une haute stature, il avait l'air de transporter avec lui un monde bigarré, des espaces infinis. Son rire jaillit d'une large poitrine contre laquelle il plaqua d'un même mouvement ses amies Mimi et Élisabeth. La maison fut soudain pleine d'une vie généreuse, exotique. L'échancrure de sa chemise laissait deviner un corps hâlé, son blouson d'aviateur projetait l'imagination hors des salons et des villes, sa chevelure claire et ondulée sur les tempes avait dû être coiffée par une bourrasque. Ses yeux verts et lumineux restaient imprégnés des immensités fouillées aux commandes de son avion. Un monde d'aventures s'était engouffré avec lui dans la maison.

Marie-Agnès avait décelé tout cela en un coup d'œil. Habituée à être exclue des joies de ses parents, elle eut la vague impression qu'à rester là, elle devenait voleuse de tout ce qu'elle voyait. Aurait-elle regardé par le trou d'une serrure, elle se serait sentie pareillement coupable. Pourtant, elle n'aurait renoncé à ce voyeurisme pour rien au monde. C'était extraordinaire : les amis de ses parents paraissaient plus à l'aise qu'elle, sous son propre toit. Elle fut envahie d'une tristesse infinie, bien qu'à les observer et à les entendre, son cœur bondît malgré elle à l'unisson.

— Comment, Élisabeth ! vous n'avez toujours pas coupé vos cheveux ?

Il la serra contre lui en l'embrassant dans le cou

14

et Marie-Agnès tressaillit. Il se permettait ce geste plus que familier tout en raillant le rouleau de cheveux qui ceignait la tête de sa mère et lui donnait ce port altier, ce profil irréprochable.

— Vous n'avez pas non plus abandonné vos petits cols amidonnés et fermés jusqu'au dernier bouton ?

Il jeta un rire chargé de sous-entendus et de connivences, puis se pencha vers la plus jeune des deux femmes.

— Et vous, petite Mimi ! il vous fait toujours souffrir, ce bulldozer d'Hubert, que dis-je, cette brute épaisse ?

Ce timbre voilé, cette manière chantante de moduler les phrases, Marie-Agnès les reconnaissait. Ils appartenaient à celui qui, dans son souvenir, plaisantait avec Hubert, sur la terrasse de la maison à la vigne vierge. Où était-ce donc ?

Victor avait lâché les deux femmes. Il plaqua sa poigne sur la nuque d'Hubert Chevalier, son ami de toujours et l'embrassa dans une franche étreinte virile. « Salut, vieux frère ! » Cela bouleversa Marie-Agnès. Cette manière d'exprimer l'amitié avait de la force et de la profondeur. Elle fut privée de tout jugement. La vie venait d'entrer à la maison. Quand, à son tour, son père échangea un baiser fraternel avec le nouveau venu, la jeune fille ne sut plus rien d'elle-même ni de ses parents.

Elle capta un bonheur contenu chez sa mère, un éclat, un frémissement indicible. Jamais elle n'avait vu tant de lumière dans ses yeux tantôt bleus, tantôt gris, et toujours imprégnés de sévérité. Ce qu'elle venait de surprendre la mit mal à l'aise. Élisabeth devina son regard avide et obsédant sur elle. Aussitôt le reflet s'éteignit. C'était odieux d'avoir montré à « la petite » le trouble qui venait de la faire vaciller dans les bras de l'aviateur. Marie-Agnès reconnut des reproches muets, des ordres, dans le coup d'œil sombre qu'elle reçut : déguerpir sur-le-champ, disparaître d'une manière ou d'une autre. Incapable d'obtempérer comme elle l'avait toujours fait, la jeune fille, subjuguée, demeura. Elle ne voulait rien perdre de ce spectacle où elle aurait tant voulu se fondre.

La joyeuse bande des cinq revint au salon, jacassant à qui mieux-mieux, et Marie-Agnès ne bougeait toujours pas. Ne le pouvait plus. Une trappe venait de s'ouvrir dans sa mémoire.

Autrefois, elle assistait à de curieux entretiens entre ses parents. « Tu te rappelles... », jetait Élisabeth à son époux prostré qui répondait par un vague acquiescement. Une pompe amorcée par ces « Tu te rappelles... » attirait des souvenirs, et avec eux, un peu d'animation, un peu de vie. De faibles sourires montaient aux lèvres de Jacques, de légers haussements d'épaules qui exprimaient une faible complicité. La petite voyait s'établir entre eux une sorte de connivence ténue. Chaque fois, ce rapprochement l'excluait. Elle soupçonnait des aptitudes à la joie chez sa mère tandis que celle-ci évoquait en quelques mots des journées lointaines et probablement bénies des dieux où l'on s'amusait, où l'on était entouré d'amis. Journées que la petite n'avait pas connues. La monotonie de leur existence forçait l'enfant à deviner une autre vie avant.

Avant qu'elle, leur fille, ne vienne apporter le malheur.

On ne le lui disait pas franchement, mais son instinct le devinait dans le timbre des voix, dans les

sous-entendus et les regards fuyants. Elle avait fini
par découvrir entre ses parents un langage accusa-
teur avec leur « avant son arrivée », et « depuis
qu'elle est là ». Les fatidiques « Tu te rappelles »
provoquaient une douleur chaque fois plus aiguë.
Quelle faute avait-elle commise ? Elle suppliait :
« Ne parlez plus des souvenirs d'avant ma
naissance ! » Mais sa mère la faisait taire. Il existait
dans leur mémoire des amitiés et des lieux que la
petite ignorait. Devait-il être beau, le monde,
aimable et riche en événements et en couleurs, dès
qu'elle n'y était pas ! D'ailleurs, ses camarades de
classe ne revenaient-elles pas excitées, turbulentes,
les lundis matin, et piaillant leurs aventures du
dimanche qui paraissaient enviables ? Qu'avait-elle
à raconter, elle, en début de semaine ? Rien de particulier. Elle revenait de chez son austère grand-
mère tandis que ses parents étaient allés jouer au
bridge dans des « ailleurs » qu'elle rapprochait instinctivement de leurs « Tu te rappelles ». Ces
dimanches se ressemblaient enveloppés de silence,
de marches interminables dans la campagne nor-
mande et de lectures. L'aïeule dans ses robes
noires ne savait pas rire. Loin de Marie-Agnès, les
gens semblaient vivre des aventures à rêver. Autour
d'elle, l'ennui et la solitude s'installaient. Lui
avaient-ils fait mal, naguère, ces « Tu te
rappelles... ». Aujourd'hui, le passé de ses parents
était là, concret, vivant, devant elle. Les rires et les
étreintes qu'elle venait de voir l'étourdissaient, lui
écrasaient le cœur. On avait dû, en effet, lui cacher
quelque chose de magnifique.

Que n'aurait donné Élisabeth pour que sa fille
s'enfonçât dans le plancher au moment où tous
revenaient au salon !

Jacques Bauvy servit un whisky au nouveau venu, mais Victor venait d'apercevoir Marie-Agnès contre le secrétaire et la rejoignait. Prise de panique, elle souhaita devenir rien qu'un peu de cire fondue dans le meuble. Blême, elle jeta des œillades en direction de sa mère, craignant son courroux muet, ses ordres. Mais elle les attendait pourtant.

Victor, bras ouverts, la considérait avec une bienveillance et une gaieté extrêmes. Mais il avait quelque chose de diabolique dans le visage : une balafre dans l'arcade sourcilière droite donnait de la fixité au regard. Elle ne sut le soutenir.

— Serait-ce votre fille, Élisabeth ?

Il lui saisit une main et l'entraîna dans quelques pas de danse qui gonflèrent sa jupe. Cela mit le comble à sa gêne. Bien que fine et souple, elle fut gauche et incapable de sourire.

— Qu'elle est belle, mes amis ! dit Victor la serrant contre lui.

— Quand elle mangera un peu moins de chocolat, elle aura un peu moins de boutons ! jeta Élisabeth avec une pointe de dégoût.

Victor effleura de ses lèvres une joue livide.

— Mais enfin, Élisabeth, c'est son extrême jeunesse qui veut ça ! Il n'y a rien de plus touchant. Vous êtes en train de la terroriser.

Il souleva les deux nattes terminées par un ruban et sourit à la jeune fille qui cherchait mollement à se dégager. Il lui saisit le poignet.

— Je te libérerai, Poupée, si tu me dis ce que tu es devenue depuis qu'on ne s'est vus.

— Je prépare une licence d'anglais à la Sorbonne, souffla-t-elle aphone, tête basse.

— Quand donc vous seriez-vous vus ? s'étonna Élisabeth.

— A la fin de la guerre, pardi ! Vous avez oublié

la fête chez mon oncle, à la Colombière ? Quel âge pouvait bien avoir cette petite-là ? douze ans ? treize tout au plus... Souvenez-vous, j'avais dû insister pour que vous l'emmeniez. La curieuse habitude, tout de même, que de la laisser toujours chez sa grand-mère quand nous nous réunissions ! N'oubliez pas que j'ai un droit sur elle pour l'avoir vue naître... Ou presque, nuança-t-il. Tiens, Poupée, bois une gorgée dans mon verre, ça te fera le plus grand bien...

— Ah non, Victor, ne commencez pas à lui donner de mauvais penchants !

La pression de la paume virile sur la hanche de Marie-Agnès fut douce et affolante. Elle eut peur qu'on ne devinât son trouble inattendu. Un ami de ses parents venait d'avouer qu'il s'était intéressé à elle, jadis, et lui parlait avec gentillesse en dépit de la contrariété évidente de sa mère. Elle dissimula un sentiment de gratitude.

— Tu te rappelles, Hubert ? Je t'avais prédit qu'elle séduirait par un charme un peu sauvage. Me suis-je trompé ?

Hubert aussitôt renchérit.

— Ça suffit, les garçons ! coupa Élisabeth. Toi, va t'asseoir.

Elle désigna une chaise un peu à l'écart, et eut du mal à changer de ton. Telle une institutrice, elle demanda :

— Si vous avez fait votre temps en Indochine, Victor, quels sont vos projets à présent ? Dites-nous tout !

— Je suis superstitieux, moi, jolie madame, je ne parle des projets que lorsqu'ils sont devenus réalisation concrète. Pour l'instant, je me réadapte au pays et je découvre une ravissante jeune fille sous votre toit.

Zones de turbulences

Ainsi, se disait Marie-Agnès, la grande maison à la vigne vierge, propriété de son oncle, s'appelait la Colombière, et c'est lui qui m'y avait invitée...

3

Toute la journée, mère et fille s'étaient espionnées. Élisabeth avait proposé à Marie-Agnès, l'air faussement aimable, d'aller au cinéma avec son amie de Paris. Elle leur offrait même la place. La jeune fille ne s'était pas laissé prendre au piège, dévorée par la curiosité. Elle ne couperait pas à un sévère tête-à-tête après le départ des invités, mais elle voulait apprendre quelque chose de ce passé mystérieux dont elle ne savait que des bribes. Cette part de leur vie lui était due.

Élisabeth l'avait toisée devant son refus, habituée à la soumettre, d'un coup d'œil, d'un simple geste du doigt ou de la main. Mais pour Marie-Agnès, il se passait enfin quelque chose d'important dans cette maison, et qui pouvait peut-être répondre à bien des questions. Cela valait le risque de l'affrontement. C'était la deuxième fois qu'elle s'opposait à l'autorité maternelle. La première remontait au printemps dernier. L'exécution du couple Rosenberg par la chaise électrique, le 19 juin 1953, l'avait détournée de Dieu malgré les pressions et les chantages.

Elle avait ajouté elle-même son couvert au bout de la table. Élisabeth en avait profité pour lui demander de faire le service, espérant l'éloigner ainsi des convives. Mais elle ne l'avait pas privée, bien au contraire. Elle avait favorisé la curiosité de sa fille. Marie-Agnès pouvait se lever à tout moment, approcher qui elle voulait, entendre à la dérobée des propos entre haut et bas.

Ce n'était pas seulement les invités qui, tout au long de la journée, l'avaient intriguée, mais encore et toujours sa mère. Dans son rôle de servante, elle avait pu s'imprégner de détails subtils et révélateurs, sans savoir encore les interpréter. Il n'y avait pas eu seulement l'éclat singulier dans les yeux gris-bleu, mais des grâces dans ses mains d'ordinaire raides, de la souplesse dans l'inclination de sa tête que le col toujours fermé par une lavallière gardait habituellement bien droite, et des rondeurs dans les intonations de la voix. La statue s'était mise à vibrer malgré les contraintes que s'imposait Élisabeth Bauvy pour dominer ses tumultes intérieurs. Elle supportait mal de vivre ses émois en présence de son espionne d'enfant. L'hilarité générale pouvait lui permettre de masquer son trouble aux autres, mais pas à ce regard inquisiteur qui lui gâchait sa joie.

Marie-Agnès n'avait cessé d'observer les uns et les autres, d'emmagasiner images et émotions.

Hubert Chevalier parlait haut et fort, oubliait de passer les plats, se servait à boire sans un coup d'œil vers ceux dont le verre était vide. Victor Louzelergue, aimablement discret, demeurait attentif. Il s'emparait de la corbeille à pain, en proposait à chacun, remplissait les verres vides après un petit signe d'intelligence à Jacques Bauvy dont il usurpait les fonctions de maître de maison. Il riait des bons mots de son presque jumeau bavard, et plaisantait à mi-voix avec Élisabeth, sa voisine. Il naviguait dans deux mondes à la fois.

Parmi les convives, Jacques Bauvy ressemblait à un instituteur vaguement ennuyé d'accompagner ses élèves à la promenade de fin d'année. Mais il aimait le bridge. Pour le plaisir du jeu, il participait avec sa femme aux rencontres dominicales chez les Chevalier. Il avait commencé jeune avec ses parents, les parents d'Hubert et les visiteurs de l'une ou l'autre famille, pris par la même passion. Passe-temps favori après les longues promenades au pied de la forteresse de Château-Gaillard et le long de la Seine. On dressait une ou plusieurs tables au tapis de feutre. Tantôt chez les Bauvy, tantôt chez les Chevalier. Jeune, il avait appris en regardant jouer les grandes personnes. Plus tard, quand il revenait du séminaire pour un peu de vacances, il attendait l'heure du bridge avec impatience. Ainsi avait-il initié à son tour Hubert, à peine adolescent, et son ami Victor. Il leur avait enseigné la valeur de chaque carte, les annonces, le rôle du mort et la règle du jeu. En dehors de la partie, tous étaient habitués depuis longtemps à son air absent. De temps en temps, Victor Louzelergue l'apostrophait pour l'extraire de ses pensées : « Oh, le séminariste ! Où es-tu ? » Jacques Bauvy souriait l'air un peu las, mangeait avec application, et considérait la tablée avec une sorte d'indifférence. Pourvu que chacun fût content sans rien lui demander.

Marie-Agnès avait été gênée d'entendre ce rappel au passé de son père. Il avait gardé de ses années de séminaire des manies d'ecclésiastique entretenues sans doute par la fréquentation quotidienne des bons pères chez qui il enseignait le grec et le latin. L'onctuosité de ses gestes enveloppés, ses propos sirupeux représentaient pour elle son aspect le plus rébarbatif. On eût dit qu'il emportait toujours avec lui des objets sacrés, des livres pieux, des vêtements liturgiques, le saint-sacrement, et qu'il venait les profaner à la maison. Où qu'il fût, sa présence suggérait l'église, le missel, les confessionnaux, l'examen de conscience et l'eau bénite. Un malaise de l'âme. Preuve qu'elle n'était pas la seule à le percevoir, si Victor se permettait de l'appeler « le séminariste ».

Mimi, la plus jeune avec ses vingt-sept ans, gardait un rôle de spectatrice, le plus souvent bon public : faire-valoir de son époux tapageur. Elle partageait les fous rires, mais pouvait fondre en larmes si Hubert poussait contre elle la taquinerie jusqu'à la limite incertaine de la méchanceté. Sa tare de bègue ne réduisait pas sa faconde. S'il n'avait eu un sens inné du comique pour se donner en spectacle ou pour tourner chaque sujet de conversation en mots d'esprit, s'il n'avait eu un talent de pianiste pour plaquer des accords en chantant à tue-tête entre deux parties de bridge ou pendant que les femmes préparaient le repas, Hubert eût été un compagnon insupportable. Seulement on ne pouvait se passer de ses éclats, de ses envolées musicales, de ses rires et de son tapage.

Marie-Agnès ne savait apprécier ses qualités d'animateur, elle ne voyait que l'aspect outrancier et bavard de l'individu. Mais autour de la table, on s'amusait ou s'apostrophait. Dès qu'ils évoquaient leur passé, elle enregistrait tout, fascinée.

Deux êtres se distinguaient par leur élégance naturelle et une évidente harmonie : Victor Louzelergue et Élisabeth Bauvy. Ils paraissaient d'une essence à part et supérieure. Marie-Agnès avait surpris des échanges de sourires, des dialogues susurrés plusieurs tons en dessous de la conversation, des attentions particulières de Victor. Au moindre compliment de l'aviateur à Marie-Agnès, Élisabeth se durcissait.

Se sentir traquée par son enfant après s'être obstinée pendant des années à la maintenir à l'écart réveillait des exaspérations et des amertumes. Et Marie-Agnès, incrédule, se mettait à discerner quelqu'un d'autre derrière l'apparence rigide de sa mère. Elle débusquait, grâce aux apartés avec son élégant voisin, la femme par laquelle elle aurait voulu être choyée. Elle ne pouvait en détourner son attention.

Jusqu'au soir, elle n'avait été que deux yeux et deux oreilles. Voler ce qu'on ne lui avait jamais donné, prendre des émois interdits, elle n'avait rien fait d'autre tout au long de la journée, tel un radar.

Seule dans sa chambre après cette incroyable journée, elle était presque écrasée sous le poids d'une découverte inouïe : sa mère était amoureuse.

4

Toute la nuit, Marie-Agnès fut agitée. Il s'était passé quelque chose, elle avait commis une faute en pleine innocence et on lui en gardait rancune. Ses réflexions s'emmêlaient, n'aboutissaient à rien, et elle creusait sa mémoire pour les nourrir, mais il lui manquait trop d'informations. Elle revivait les moments précieux de la journée : sa mère illuminée par une ardeur suspecte, les éclats de rire de ce petit groupe, les insolences, la familiarité... Tout cela l'évinçait davantage, maintenant qu'elle avait vu s'exprimer la joie sur le visage adoré et craint la complicité avec d'autres. Les « Tu te rappelles... » d'autrefois n'étaient pas seulement des mots, ils avaient pris corps, et la mutilaient un peu plus.

Elle se complut dans la contemplation d'images volées tout au long de l'apéritif, du repas, du café. Elle avait envie de s'immiscer dans le groupe, de prendre sa part de joie, d'en connaître la saveur, le parfum, l'essence même et de l'atteindre, cette joie.

Elle se réveilla, le cœur agité, l'esprit embué. Elle n'irait pas à la Sorbonne aujourd'hui. Une autre urgence se précisait : se rendre auprès du seul des amis de ses parents qui lui eût montré de la sympathie. Peut-être la renseignerait-il sur sa naissance, sa tare, ce qui s'était passé. Il avait insisté jadis pour qu'elle participât à la réception chez son oncle à la Colombière, il était donc un allié. S'il voulait bien lui donner un peu d'amitié, il l'aiderait peut-être à se fabriquer des souvenirs. Il devait bien connaître des anecdotes intéressantes sur leur groupe lié depuis si longtemps.

N'avait-il pas précisé dans la conversation qu'en attendant sa nouvelle orientation professionnelle, il passait le plus clair de son temps sur le terrain d'aviation de Buc avec des amis amateurs d'avions en bois et toile ? « Un aérodrome est ouvert au public, se dit-elle, je verrai bien comment il m'accueillera. Si je me sens indésirable, j'en serai pour mes kilomètres à bicyclette. Mais s'il consent à me parler juste un peu, n'ai-je pas tout à gagner ? »

Un être timoré peut subitement avoir des audaces inouïes. Marie-Agnès enfourcha sa bicyclette en danseuse, longea des vergers lourds de leurs fruits, traversa les grandes artères de Versailles, des bois et des villages. Elle descendit en roue libre vers la vallée de la Bièvre avant de remonter, en nage, sur le plateau où on lui indiqua l'aérodrome.

D'abord euphorique d'obéir à son impulsion, elle avait été bientôt traversée de doutes sur le bien-fondé de cette initiative. Des visions de l'accueil que lui réserverait peut-être Victor Louzelergue l'avaient traversée. Elle l'avait imaginé immense, effrayant, avec sa cicatrice à l'œil droit. Il l'accueillait en uniforme non pas de pilote, mais de gendarme : « On ne passe pas, mademoiselle ! On retourne à la Sorbonne ou à la maison et on demande pardon à sa mère pour avoir osé une pareille démarche... »

Dans ce cauchemar éveillé, il avait la voix tonitruante de son ami Hubert. Mais elle ne voulait pas faire demi-tour, et il s'emparait du gourdin attaché à sa ceinture.

Épuisée par l'effort à mi-côte, Marie-Agnès était descendue de la bicyclette, l'esprit inquiet. « Si l'oiseau s'envole de la branche avant que j'aie compté jusqu'à trois, je fais demi-tour. » Elle avait compté à toute vitesse et sans bouger. Le passereau en interpellait un autre qui lui répondait, et ne s'envola pas. Victor Louzelergue l'accueillerait donc avec l'enthousiasme de la veille. Elle crut sentir à nouveau la pression de la main virile sur sa hanche, et sourit. Il existait déjà une complicité entre eux. Elle était remontée sur sa bicyclette, certaine maintenant d'être bien reçue à l'aérodrome de Buc.

Que dirait sa mère en l'apprenant ? Elle avait eu peur d'un conflit comme au printemps dernier, lorsqu'elle avait décidé de ne plus fréquenter Dieu et ses églises. Cela avait été terrifiant et exaltant. Le mouvement mondial en faveur des Rosenberg, l'appui de la plupart des étudiants et des milliers de manifestants avaient stimulé sa révolte. Avec eux, elle avait espéré jusqu'au dernier moment. On ne pouvait exécuter ce couple sans la preuve formelle qu'ils aient donné aux Russes les plans de la bombe atomique. On ne pouvait faire deux orphelins sans fouiller davantage les dossiers. Mais, à l'instar de milliers d'autres gens, elle avait eu la conscience plombée, le cœur révolté, à l'heure où l'Amérique avait appuyé sur le bouton des deux chaises électriques. Dieu était mort en elle, cette nuit-là, à deux heures du matin, quand la foule bouleversée avait cessé d'espérer, place de la Concorde. Un vendredi, avant le coucher du soleil, heure de New York. Il ne fallait pas offenser le jour du sabbat.

Pour les tuer, on avait respecté la religion des Rosenberg.

Quel rapport entre sa peur d'aujourd'hui et celle de ces jours si poignants ? Dans les deux cas, il fallait affronter l'autorité de sa mère. Pourtant, rien ne l'avait arrêtée, hier. Rien ne l'arrêterait aujourd'hui.

5

Elle n'avait jamais été sur un petit aérodrome, mais elle comprit qu'elle y arrivait en débouchant d'un sous-bois derrière une succession de bâtiments immenses le long d'une étendue d'herbe à perte de vue. Trois petits avions étaient alignés.

Marie-Agnès appuya sa bicyclette contre une barrière. Au premier homme en cotte de travail, elle demanda timidement M. Louzelergue. « S'il n'est pas en l'air, lui dit-on, il travaille avec ses amis dans le hangar du fond. Ou bien il boit un petit café au restaurant, là-bas au bord de la piste. »

Son esprit fut happé par un bruit de moteur. Un biplan rouge trépignait sur place en bout de piste. Il ronflait de plus en plus fort et vibrait de toute sa carcasse. Soudain, il s'élança avant d'étreindre le ciel dans une grâce qui immobilisa la jeune fille sur place. Il monta, monta, monta au-dessus du bosquet, dessina une belle courbe et revint à la verticale de la piste. Minuscule dans l'éclat du soleil, il bascula sur le côté, puis tomba, comme inhabité, en tournoyant. Marie-Agnès ne retint pas un cri d'épouvante. Avant de s'écraser sur le sol, il redressa sa courbe, rasa le terrain et s'en fut à nouveau, les roues accrochées aux nues. La jeune fille en resta stupide, le souffle suspendu. Pour avoir vu ça, il n'y avait pas à regretter une démarche peut-être insensée. Elle venait de découvrir une extravagance qui multipliait les battements du cœur, et l'exaltait. Elle dégusta sa frayeur, les pieds dans l'herbe et le nez dans l'azur, figée. L'avion recommença à dessiner ses arabesques au-dessus du terrain et les minutes que dura la démonstration parurent une éternité. Elle ne put en détacher son regard que lorsqu'il eut atterri avec une docilité d'animal dompté, et se fut aligné aile contre aile aux trois autres. Elle se rappela le but de sa visite.

Victor Louzelergue était peut-être dans le quatrième hangar qu'elle abordait.

Les portes coulissantes étaient béantes et une sorte de volière géante confuse et inanimée attendait un souffle de vie. Les ailes semblaient enchevêtrées. Biplans et monoplans d'avant-guerre dans leur robe de toile et leur ossature de bois évoquaient des photos du temps de son enfance, ou de celle de ses parents, et peut-être de ses grands-parents. Elle s'avança vers une coque en marqueterie sur laquelle était écrit comme au porte-plume : Déperdussin. Ce fut irrésistible, elle en caressa le bois verni puis l'hélice brillante. Il n'y avait qu'une place dans cet avion semblable à un jouet de luxe.

— Il date de 1913, celui-là ! Record de vitesse à l'époque, avec ses 200 kilomètres à l'heure !

Victor Louzelergue, serre-tête sur le crâne, lunettes d'aviateur dans la main, blouson fermé jusqu'au cou, la regardait avec beaucoup de douceur et d'espièglerie. Ses yeux d'un vert un peu étrange se posaient sur elle pleins de vie et d'humour. Elle pressentit une force hors du commun dans cet homme en recevant son regard. Le poids de tout ce qu'elle était venue lui confier, et surtout lui demander, l'accabla. Que dire de sa timidité presque maladive en présence d'un homme ? Celui-ci, plein de santé et de puissance, faisait appel, par sa seule présence, à des valeurs solides dont elle se croyait dépourvue. Elle baissa les yeux.

— Tu es venue voler, Poupée ?

— Je ne sais pas, bafouilla-t-elle.

— En tout cas, voir les avions ?

— Peut-être, oui...

Il lui présenta quelques engins, orgueil de leur association. D'un geste lent et pensif, elle caressa les empiècements de la toile d'un fuselage semblables à des reprises dans le sarrau d'une aïeule. Une singulière tendresse montait en elle comme devant une broderie anonyme qui évoque des mains habiles et patientes, un travail modeste et accompli avec conscience.

— Là ! montra Victor, cette drôle de brouette avec des ailes en toile, à peine maniables, regarde-la bien, Poupée ! C'est là-dedans que Blériot a fait la première traversée de la Manche en 1909 ! Gonflé, le type, non...

Peu habituée à ce vocabulaire familier et à cette simplicité, Marie-Agnès ne sut que répondre. Rarement sollicitée par les grandes personnes, elle fut étonnée, presque gênée : Victor Louzelergue s'adressait à elle comme à un interlocuteur valable dont il attendait une réaction, un avis. A court de mots et d'idées, elle se crut très hardie en répétant les propos auxquels sa bouche n'était pas habituée.

— Oui, gonflé, le type !

Il lui nomma chaque avion comme un maître chien présente chaque bête de son chenil. Avec amour et orgueil. Elle en fut imprégnée de respect.

— Tu veux faire un tour ?

Pour la jeune fille, faire un tour signifiait aller quelque part et en revenir. Elle acquiesça. Elle n'aurait pas imaginé, en montant à bord, que Victor allait lui faire vivre quelques minutes de voltige en guise de baptême de l'air.

Poitrine dilatée, elle ne contrôla pas la griserie qui s'empara d'elle au premier tour d'hélice, aux premières vibrations de l'engin, à sa course accélérée sur l'herbe et à la douce montée dans l'air. Les hangars, les piétons et les avions au bord de la piste diminuaient, diminuaient, diminuaient, tandis que l'avion montait, montait, montait. Une invisible poigne lui écrasait la poitrine, la plaquait au siège pendant toute cette ascension. Elle en criait de joie et de frayeur. Bientôt, à force de virages et de boucles, elle chercha le ciel là où il n'était plus, la terre où elle n'avait jamais été, dessus, dessous, à gauche ou à droite. La vue brouillée, elle se crut au centre d'un kaléidoscope où la géométrie des champs et des forêts se mêlait à des éclats bleus. Ils allaient s'y fracasser sans nul doute.

C'était si grisant qu'elle consentit.

Un quart d'heure n'est rien dans une vie, dit-on. Pourtant, lorsque l'avion décrivit un arrondi parfait avant de se poser en douceur, et de cahoter de nouveau sur la terre ferme, Marie-Agnès sut qu'elle venait de traverser une vie entière et que jamais elle ne serait plus la même. Elle avait découvert qu'elle aimait le risque et désirait l'aventure.

6

Élisabeth Bauvy venait de relire le même texte sans en retenir un seul mot. Elle préparait une conférence sur les trois générations célèbres des Alexandre Dumas. Dans la demeure des grands hommes disparus, ayant habité l'ouest parisien, elle donnait une ou deux fois l'an des conférences sur leur vie et leur œuvre. Bénévolat qui la distrayait de la monotonie de ses jours. Ainsi avait-elle été à Médan, chez Émile Zola, l'an passé, à la Vallée aux Loups, chez Chateaubriand... Sur les flancs de la colline de Marly-le-Roi, elle ferait revivre dans deux semaines les tribulations d'Alexandre Dumas père et de ses ancêtres aventuriers du Nouveau Monde dans le château de Monte-Cristo, construit par le prolifique écrivain.

Pour l'heure, elle n'avait cure de ces héros, elle essayait de ravaler sa rage. Depuis deux jours sa fille lui tenait tête de façon singulière. Non seulement elle s'était imposée parmi ses amis de toujours, tout au long de la journée de l'avant-veille, mais, après avoir disparu sur sa bicyclette, n'était pas rentrée à la maison la nuit dernière. Outrage aux rites immuables, et aux bienséances de la vie familiale. Camouflet à son autorité.

34

Jacques Bauvy et Élisabeth, élevés dans les mêmes préceptes, lui au séminaire, elle chez les ursulines, avaient gardé le besoin d'une vie réglée, du respect de l'ordre. Là était le ciment de leur couple. Ils ne se rendaient plus compte qu'ils ne faisaient rien de leur vie. La satisfaction précaire de reproduire de leur mieux les habitudes de toujours les rassurait. Ils aimaient la sécurité des horaires respectés, des gestes accomplis selon des rites immuables, et des activités bénévoles : tout ce qui donnait bonne conscience. A la sortie de ses cours, il répétait à l'orgue la messe du dimanche suivant. Son épouse enseignait le catéchisme à l'école Sainte-Jehanne-d'Arc, le jeudi matin, s'occupait du vestiaire des pauvres une fois par mois, organisait la kermesse paroissiale annuelle, et faisait ses conférences. C'était rassurant de se compter parmi les familles sans histoire apparente et de s'assurer une place honorable dans l'estime des paroissiens. On ne vivait que pour se maintenir dans les normes.

Élisabeth, la tête entre les mains, s'interrogeait. Que faire ? Que dire, lorsque rentrerait sa fille ?

Au printemps, la colère froide n'avait servi à rien lorsque Marie-Agnès avait brusquement affiché des convictions antireligieuses. Les menaces non plus. Élisabeth avait regretté ses paroles jetées sous l'empire de la colère. Pour la première fois de sa vie, sa fille était restée déterminée. L'autorité d'Élisabeth avait été atteinte, ses certitudes ébranlées. Ni la mère ni la fille n'avaient jusqu'alors connu l'affrontement. La première gouvernait depuis toujours et dominait l'âme de la seconde, justement assoiffée d'attentions et prête à toutes les soumissions depuis sa petite enfance. Cette expérience d'un conflit avait révélé des forces insoupçonnées dans l'enfant docile. Depuis, l'une et l'autre avaient repris les rôles de toujours, mais avec, au fond du cœur, la conscience que tout pouvait basculer sur une querelle.

Elle songeait à tout cela, le regard perdu vers le tablier noir de la cheminée. Une colère impuissante l'habitait. Elle ne songeait pas à se demander s'il était arrivé quelque chose de grave à sa fille. Elle avait une certitude : un nouveau désordre s'annonçait qu'il fallait juguler au plus tôt.

Elle respira fort comme si son col amidonné et sa lavallière l'étranglaient, reprit ses documents, mais ne parvint toujours pas à les lire. Qu'avait-elle été apprendre à la Sorbonne, cette enfant ? La révolte, ni plus ni moins. Voilà ce qu'il arrivait quand on mêlait une jeune fille de bonne famille à la population imprégnée des courants de pensée les plus nocifs. Par quelle faiblesse avait-elle donc laissé faire une chose pareille, elle, sa mère ?

Ses réflexions furent interrompues par le souvenir du matin radieux où elle avait tenu pour la première fois son bébé dans ses bras. Il crachait des petites bulles blanches et tétait dans le vide, poings fermés sur ses doigts à elle, yeux plissés, tête lisse. Élisabeth avait alors vingt ans. Elle ne se lassait pas de la contemplation du cadeau que venait de lui donner la vie. Elle avait oublié les heures de souffrance. Seule comptait une réalité qui la dépassait, la bouleversait, la grandissait. Elle venait de devenir mère. Son plus beau matin. Elle avait passé de longs moments à étudier centimètre par centimètre son nouveau-né. Le sentiment inattendu d'en être étrangère, après avoir partagé neuf mois d'intimité avec lui, mitigeait son bonheur, la déconcertait.

Son étude tendre des traits les plus subtils du bébé, son écoute attentive restaient un éblouissement. Tandis qu'elle s'adonnait à ce précieux inventaire, son couple se défaisait et elle l'ignorait encore. Elle y songeait depuis comme à une fatalité.

L'orage. Il y avait eu un orage, ce soir-là de septembre, sur Château-Gaillard et on avait dû rebrousser chemin en pleine promenade digestive avec les parents du petit Hubert. Elle n'avait jamais oublié la foudre tombée sur les ruines médiévales comme une malédiction, ni les douleurs qui l'avaient prise après cette course pour rentrer à la maison. Ses sentiments se heurtaient, se contredisaient, depuis, dès qu'elle songeait au matin qui avait suivi, calme, éblouissant, avec sa petite boule de chair tiède et satinée dans ses bras. Sa petite était arrivée trois semaines avant son terme. Tantôt ce souvenir demeurait pour elle comme une bulle à jamais radieuse, tantôt il n'était que mauvais présages. En avait-elle fait de beaux rêves pourtant dans la contemplation de la petite bouche se nourrissant d'elle. Le trouble plaisir qu'elle en avait éprouvé...

Elle perçut des pas dans le jardin, consulta l'horloge. Sept heures. Elle se raidit et jeta un coup d'œil vers la porte vitrée qui séparait le hall d'entrée du salon :

— Ah, c'est toi ! lança-t-elle à son mari.

— Tu attendais quelqu'un d'autre ?

— Ta fille n'est toujours pas rentrée !

— Ma fille... Ma fille..., bougonna-t-il. Elle recommence comme au printemps dernier... Que veux-tu que j'y fasse ?

— Pour une fois tu peux lui dire que la maison n'est pas un hôtel. Appuie mon autorité et affirme un peu la tienne ! répondit Élisabeth d'un ton hési-tant entre fermeté et abdication.

— A vingt et un ans, on est majeur et on fait ce qu'on veut de nos jours, non ?

D'un geste las d'impuissance il écarta un peu les bras de ses flancs, ôta son imperméable scintillant de gouttelettes.

— Il pleut ?

— Un petit crachin...

Élisabeth l'observa, frappée de stupeur. Ils ne s'étaient pas parlé ainsi à la manière de n'importe quels parents qui s'intéressent à leur enfant depuis, depuis... Elle ne savait plus depuis quand. Qu'y avait-il d'attendrissant ou de pathétique là-dedans ? Le geste de découragement de son époux la touchait.

— Jacques !

Elle se tut, saisie. Elle l'avait interpellé comme un proche et mesura son immense désarroi. Elle en eut honte et laissa son époux s'enfermer dans son bureau.

7

Il s'y protégeait de la vie extérieure devant ses copies ou ses partitions. La nostalgie du séminaire où il avait envisagé, jadis, l'avenir avec confiance ne l'avait pas quitté. Contre les murs des cloîtres se brisaient les forces puissantes et trop souvent maléfiques du monde en mouvement. Le silence ici n'avait pas la même qualité.

Il ne savait toujours pas ce qui s'était passé en lui, jadis. A un moment précis, il avait été étranger à lui-même, mais quand et pourquoi ? Il avait admis trop facilement devant le supérieur qu'il n'avait pas une foi assez robuste pour aller jusqu'à la prêtrise et que l'étude des langues mortes et de la musique étaient ses seules véritables passions. A quel moment s'était-il trahi lui-même ? Durant son noviciat ? Au cours de l'entretien avec le supérieur qui avait déterminé son retour dans le siècle ? En prenant femme ? Une seule consolation l'aidait à présent : il retrouvait chaque jour à l'école des frères où il enseignait le grec et le latin, le même sens de la discipline qu'autrefois, le même goût de l'ordre. Il formait les jeunes dans l'esprit de rigueur de sa propre jeunesse. Son esprit se fondait dans le confort des préceptes qui avaient neutralisé, jadis, sa pensée.

Fréquenter Dieu, ses fidèles et ses paroisses était resté une nécessité, même s'il n'aurait su dire jusqu'où sa foi avait été ébranlée. Il aimait à se réfugier devant l'orgue, et accompagner, en union avec le célébrant, les trois messes principales chaque dimanche. Cela exaltait son besoin de racheter son départ du séminaire semblable à une fuite dont il se croyait à jamais coupable.

Était-ce pour le punir de l'avoir en somme abandonné, que Dieu avait permis que CELA arrivât, alors qu'il ignorait encore presque tout de la vie ? Il osait parfois se le demander. Si seulement l'enfant était né à son terme vers la mi-octobre comme l'avait annoncé le médecin ! Mais il y avait eu cet orage de septembre, sur Château-Gaillard, que Jacques Bauvy, vingt et un ans après, continuait à maudire. C'était le tumulte des éléments, il n'en démordrait jamais, qui avait provoqué les premières douleurs, l'accouchement, le cauchemar. Dieu avait donc permis que sa vie fût brisée, ce soir-là.

Ils étaient seuls dans la grande maison de famille, pour quelques jours de repos avant l'épreuve de la naissance. La famille Chevalier, dans la propriété voisine, attendait la fin des vacances pour retourner à Paris. Leur petit garçon, Hubert, profitait des derniers beaux jours et faisait du vélo toute la journée avec son ami Victor. Aimable compagnie dont avait profité le jeune couple.

Aussitôt qu'Élisabeth avait commencé à gémir dans le lit, mains plaquées sur son ventre, Jacques Bauvy avait paniqué. Il s'était tout d'abord entêté à reconnaître une indigestion dans ces malaises. Ou bien des crampes après cette trop longue promenade. Quelle idée saugrenue, de marcher dans son état vers les ruines séculaires pour admirer les couleurs de l'orage que l'on croyait encore lointain ! Il avait fallu rentrer en toute hâte.

Le tonnerre avait grondé, et les épais rideaux tirés n'étaient pas arrivés à étouffer les bruits des rafales sur les vitres. Jacques Bauvy avait été pétri de terreurs inconnues devant les forces supérieures déchaînées autant dehors que dans la moiteur du lit. Les douleurs de son épouse s'étaient précisées, et il avait fini par sauter dans la ruelle avec précipitation. « Je vais prévenir les Chevalier ! Le mari pourra aller chercher le docteur avec sa Renault ! »

Il était revenu accompagné de Mme Chevalier. Chacun tenait l'anse d'un panier chargé de linge propre. Par peur de la foudre, ils avaient éteint la lampe électrique et prévu un grand nombre de bougies sur les deux chevets, la table centrale, la console et même sur les chaises. Mme Chevalier avait préparé deux cuvettes d'eau bouillie, des compresses, des ciseaux. « Restez avec nous, Jacques, on peut avoir besoin de vous ! » avait-elle lancé avec l'autorité de qui est déjà passé par de tels moments.

Le pauvre garçon se rongeait d'angoisse depuis des semaines à la vue des proportions difformes de sa femme. On lui avait appris dans sa jeunesse à ignorer les choses du corps humain, ses débordements, ses mystères, à s'en détourner même comme du diable. Surtout en ce qui concernait les femmes. L'enfant, il l'avait fait sagement, dans l'obscurité de la chambre conjugale. Il n'avait jamais permis à ses mains une reconnaissance douce des rondeurs et des secrets du corps qu'il chevauchait en toute hâte. L'idée du péché le hantait malgré le sacrement du mariage qui lui autorisait pourtant même le viol. Dans le grotesque des ébats il souhaitait en finir avec le plaisir suspect et indécent qui s'emparait de lui. Un plaisir semblable à des tourments.

Spectateur impuissant et prisonnier de ses peurs, sur une chaise basse, il se laissait broyer les mains par sa femme. Des visions terrifiantes qui ressemblaient aux pires œuvres de Jérôme Bosch l'assaillaient. Une forte odeur de sueur s'échappait des draps où Élisabeth se convulsait. Jacques luttait contre la nausée, haletait, comme sa femme, bouche sèche.

Les réponses aux questions qu'il n'avait jamais osé se poser clairement sur la naissance du petit de l'homme allaient jaillir devant lui sous peu. Cela l'effrayait. Un bébé pouvait-il passer par une voie si étroite sans arracher la vie à sa mère ? A quelle monstruosité organisée pourtant par Dieu allait-il assister ? Ah ! qu'il aurait voulu être dans la voiture en ce moment avec M. Chevalier, pour sortir daredare le médecin de son lit ! courir sous l'orage et coucher dans la remise, être n'importe où plutôt que de voir ces préparatifs qui faisaient monter l'angoisse et l'écœurement.

Aussi bien allait-il assister, sans pouvoir rien y faire, à l'agonie d'une très jeune femme mise dans cet état par ses œuvres. Il s'accrochait à elle, et elle s'accrochait à lui. Il craignait moins l'orage que l'événement hors de toutes mesures qui se préparait sous ses yeux. Que vienne d'urgence le médecin ! Il ne pensait qu'à sa délivrance à lui.

— Il se passe quelque chose..., avait soufflé Élisabeth en soulevant son drap.

D'un coup de main ferme et sans équivoque, Mme Chevalier avait alors dégagé le corps d'Élisabeth, placé une chaise au bout du lit pour suivre le travail des chairs. Elle avait interrogé du regard la zone sombre qui siégeait entre les cuisses blanches.

L'époux avait détourné les yeux aussitôt. Dans quelle impudeur se trouvaient-ils projetés tous les trois ! Comment Élisabeth pouvait-elle se laisser scruter ainsi, se laisser toucher, palper, devant lui ? Jamais elle ne lui avait montré sa nudité. Il ne savait plus ce qu'il avait le droit de faire, de dire, de penser. L'âme embourbée dans une honte épaisse, il avait attendu le médecin en se voyant devenir fou.

— Vous perdez les eaux, ma petite, ça ne devrait plus tarder...

Les feulements d'Élisabeth avaient recroquevillé le malheureux sur sa chaise. Le sexe de sa femme lui était encore caché par la montagne de lingerie fine bouchonnée sur le dôme du ventre monstrueux.

— Poussez, ma petite, poussez encore et respirez ! Aidez-le à sortir, votre petit ! Vous, Jacques, donnez-moi un linge propre. Là, sur la pile...

Le destin avait donc voulu qu'il quitte le chevet de sa femme où il se croyait encore un peu à l'abri de l'événement. Mais au moment où, dans le dos de Mme Chevalier, il tendait d'une main molle ce qu'on lui avait réclamé, il n'avait pu éviter le spectacle fascinant, ignoble pour lui et tant redouté. Un petit animal gluant d'une boue grisâtre et marbré de sang jaillissait du ventre déchiré. Il crachait un liquide semblable à des matières fécales. Saisi d'un dégoût inouï, le père avait vomi et s'était évanoui dans ses déchets. Au plus lointain de sa conscience, hurlait le nouveau-né.

Vingt et un ans après, il se demandait encore pourquoi Dieu avait permis que l'automobile de M. Chevalier se fût embourbée avant d'arriver chez le médecin. Seule la crainte du châtiment éternel lui interdisait encore de s'avouer que, de cette nuit fatidique, datait un certain refroidissement de sa foi. Il avait gardé la pratique de sa religion sans réaliser qu'il était presque vidé des sentiments pieux. Quant aux sentiments plus humains, le corps de sa femme, avec ses mystères, ses odeurs, ses sécrétions, ses moiteurs, lui inspirait désormais un insurmontable dégoût. Ainsi de toutes les femmes. Sa frêle constitution morale avait plié cette nuit-là devant la violence des choses de la vie.

Dans son bureau, il se sentait troublé, lui aussi, par les quelques mots échangés avec Élisabeth et fut tenté de la rejoindre, de la rassurer sur l'absence de leur fille. Mais l'habitude fut plus forte. Il sortit de son vieux cartable en cuir une liasse de copies et les disposa devant lui.

8

Élisabeth demeurait hébétée, le dos légèrement affaissé, les coudes appuyés sur ses documents concernant les Dumas. Elle n'aurait pas aimé être surprise dans ce qu'elle aurait appelé du laisser-aller. Elle frissonna. Sa solitude lui parut plus insolite qu'à l'ordinaire après ce petit échange avec son mari.

Tout à coup, elle devina une présence et se raidit. Victor Louzelergue, en effet, entrait sur la pointe des pieds, l'air radieux. Elle porta machinalement sa main à ses cheveux pour vérifier que pas une mèche ne dépassait du rouleau et fit un sourire plein de convenances.

— Oh, Victor, vous m'avez surprise !

Il taquina sa coquetterie maladroite, flatta la grâce de son abandon, promit de revenir la surprendre ne serait-ce que pour profiter de ce spectacle charmant et de son trouble. Mais dans le clair-obscur de l'entrée, elle avait aperçu une silhouette fugitive.

— Vous n'êtes pas seul ? s'affola-t-elle.

— Non, jolie madame, je ne suis pas seul...

— Qui ?

Il y avait une pointe d'angoisse dans cette question soufflée avec appréhension. Elle avait deviné la réponse.

— Votre fille, pardi !

Elle lui fit face, le cou bien tenu par son col empesé, et le toisa. Mais il était très difficile de soutenir le regard de Victor Louzelergue sans se troubler. La cassure de son arcade sourcilière modifiait la mobilité de la paupière et lui donnait une fixité singulière. Il y avait quelque chose d'obsédant, de diabolique même, dans ses yeux. On pouvait croire qu'il en avait conscience et qu'il en jouait. Il s'assit familièrement sur un coin du bureau où elle se tenait. Pour lutter contre la tentation du désir, elle le prit de haut.

— Que signifie cela, dites-moi ?

Il répondit par un de ses petits rires qui déjouent toute humeur maussade et refusent d'entrer dans les états d'âme.

— Vous ne m'avez même pas dit bonjour, jolie madame !

La voix de Victor avait quelque chose de très particulier qui contrastait avec son physique puissant et souple. Légèrement voilée, elle venait, semblait-il, du fin fond de sa tête, traversait la gorge sans y développer le timbre et glissait à l'arrivée sur du velours invisible. On s'attendait devant la stature de l'homme à ce qu'elle prenne de l'amplitude, mais elle était feutrée, faite pour les confidences, les secrets, les chuchotements, la lecture à mi-voix. Non pour les grands espaces, la vie rude. Il suffisait à l'aviateur de ponctuer ses petites phrases d'un demi-sourire, et le charme opérait. Auprès des femmes, une bonne part de la séduction de

Victor Louzelergue venait sans doute de cette
voix et de tout ce qu'elle sollicitait. Son regard
fouillait l'âme avec une impudeur joyeuse et
quasi polissonne. Au besoin immédiat de résister
à la séduction, se mêlaient l'attrait puissant, le
désir, l'envie d'y céder. Il savait fixer de son
regard étonnant, toucher au point faible. Dès les
premiers mots, il y avait déjà l'impression d'être
entré dans son intimité avant que d'y avoir
consenti ou de l'avoir accueilli malgré soi dans
son monde intérieur.

— Je veux comprendre ! gronda Élisabeth.

— Il n'y a rien à comprendre, jolie madame.

Il lui prit une main et l'effleura de ses lèvres.

— J'étais à Paris et elle aussi. Il pleuvait et
j'étais en voiture. Je l'ai emmenée et j'en profite
pour vous souhaiter une bonne soirée.

Il s'inclina, mi-narquois mi-tendre, et maintenait la main d'Élisabeth dans les siennes. Il
demeura un instant dans cette attitude mon-
daine, la fixa et attendit au fond des prunelles la
petite flamme de leur complicité de toujours.
Vaincue, après avoir donné ce signe d'abandon,
Élisabeth n'osa pas demander ce qu'était devenue la bicyclette de sa fille ni ce qui s'était
passé. Elle étudia dans le comportement de Victor ce qui pouvait avoir changé, ce qui pouvait la
rassurer, la renseigner... Elle redoutait les
réponses trop précises. Victor se redressa, la pria
de ne pas se déranger, mais elle l'accompagna
jusqu'à la porte d'entrée.

Il se retourna :

— Au revoir, Poupée ! puis s'en fut, tête haute,
sous le léger crachin.

Jacques sortit de son bureau.

— N'est-ce pas la voix de Victor ?

Élisabeth, surprise à nouveau dans un moment de faiblesse, se raidit :

— Demande à ta fille, répondit-elle sèchement, et s'en fut à la cuisine.

Un sentiment très neuf, mal ajusté, l'agitait jusqu'au tumulte.

9

Marie-Agnès, attablée devant des tranches de pain et la boîte à fromages, dévorait un pique-nique quand elle entra. Leurs regards se croisèrent une fraction de seconde. Ni l'une ni l'autre ne supporta l'intensité de leurs émotions si diverses. Élisabeth avait bien l'intention de connaître les liens qui existaient entre sa fille et Victor Louzelergue. Une mère devait tout savoir, avait tout pouvoir sur sa fille. Elle n'osa pourtant pas la prendre de front comme d'habitude. La pensée que ses propos pouvaient être répétés à Victor l'en empêcha.

Des picotements sur la peau, une singulière chaleur aux tempes, un lasso autour de la gorge, et un poids nouveau sur la poitrine, lui révélant les affres de la jalousie. Autant de tourments qu'elle avait toujours crus réservés aux autres. S'était-elle sentie supérieure jusqu'alors devant les femmes souffreteuses et amoindries dans la passion amoureuse ! Mimi, par exemple. Elle se rongeait si son Hubert n'était plus à portée de voix, et ne s'occupait que de lui tout au long des parties de bridge. Élisabeth n'avait jamais connu ce genre d'inquiétude avec son sage mari. Quant à Victor, elle l'avait vu avec tant de belles femmes qu'elle avait choisi d'ignorer ce sentiment dégradant. On ne lui enlevait rien. Même quatre ans plus tôt, à son mariage. Leurs sentiments avaient toujours été retenus et délicieusement échangés en silence. Pas une fois il n'avait modifié son comportement envers elle. Il était l'ami, à la fois joyeux et secret, attentif et souvent d'une extrême délicatesse. Mais pour jouer à lui faire un peu mal, il avait déjà embrassé la compagne de passage en lui jetant un clin d'œil entendu : « Elle, c'est pour la bagatelle, vous, je vous aime. » C'était révoltant, mais il était fort le sentiment d'exister en la présence de Victor. Sa cour, vaine depuis une dizaine d'années puisqu'elle en avait décidé ainsi, l'aidait à supporter son existence.

L'impression atroce qu'en ce moment sa fille lui ôtait quelque chose d'essentiel après avoir fait des kilomètres dans la Citroën de Victor Louzelergue la mordait durement. Fallait-il que ce fût son enfant, cette fille quelconque attablée devant le pain, la motte de beurre et le fromage, qui lui infligeât le cuisant apprentissage de la jalousie...

— Il ne manque plus que le litre de rouge si tu veux vraiment donner dans le genre populaire !

Élisabeth communiquait à sa fille l'envie d'une scène et Marie-Agnès appelait du plus profond d'elle-même cris et hurlements à faire voler les vitres en éclats pour l'aider à casser la force qui la soumettait encore trop souvent. Elle imaginait des insultes, mais elle était bien obligée de reconnaître sa faiblesse. Ses peurs de petite fille remontaient à l'assaut depuis que sa mère était entrée dans la cuisine. Elles s'engouffraient dans ses artères comme un méchant virus capable de la détruire. Plus elles l'assiégeaient, plus elle avait besoin de les braver, de les faire exploser, d'imaginer des scènes redoutables dont elle sortirait glorieuse. Il fallait regrouper ses forces, appeler sa volonté, se préparer à la joute. L'important, pour l'heure, devenait le fracas, le désordre dans cette maison où tout était toujours à sa place, où elle n'avait droit à aucune fantaisie, mais où elle avait vu les amis de ses parents à l'aise comme chez eux. Elle mâchonnait sa bouchée de pain au fromage, l'œil accroché à une gouttelette qui perlait de la motte de beurre. Son sang lui chauffait le corps.

Elle était entrée, hier, poumons gorgés d'espace et de grand air, dans le monde des aviateurs de Buc, et, le soir, dans celui des amants clandestins, à l'hôtel. Quelle victoire ! Pour la première fois, la fille détenait un explosif redoutable contre sa mère. Elle voulait apprendre à s'en servir... Elle rêvait d'une catastrophe venue d'elle : briser cette mère par l'aveu de sa nuit, assister à sa douleur. Voilà qui serait beau ! Ses jambes cependant lui parurent à la fois lourdes et molles comme si elle allait choir. Elle avait l'air si sûre d'elle, cette mère. Hautaine, elle préparait la sauce de la salade. Marie-Agnès l'imagina chancelant sous le coup de la nouvelle : Victor et moi à l'hôtel...

— Comment s'appelle ton amie chez qui tu es restée dormir ? Est-ce la même qu'au printemps dernier ? Il va falloir que je rencontre ses parents.

Élisabeth Bauvy parlait d'une voix faussement sereine.

Imprégnée de sa journée dans le ciel et les hangars, exaltée par la découverte des caresses, subjuguée par son besoin de déclarer la guerre, Marie-Agnès fut projetée, par cette question, dans un monde d'hier qui lui parut lointain et fade. Elle ne répondit rien. Depuis qu'elle devinait la querelle toute proche, une sueur à l'odeur âcre mouillait

51

ses aisselles. Mais comment l'amorcer ? Elle eut l'effroyable impression de se jeter dans le vide.

— Je suis majeure, maintenant, ça me regarde.

Élisabeth posa brutalement le vinaigrier sur le plateau. Elle décela chez sa fille une détermination déjà entrevue au printemps, et se réfugia entre les portes du placard à épices. Il fallait jouer finement pour garder la face.

Autrefois, c'était facile, simple. On se tenait en société comme on vous l'avait enseigné. On faisait tout ce qu'il fallait. On disait ce que l'éducation permettait, et l'entourage avait les mêmes codes, les mêmes valeurs. Les enfants obéissaient aux parents. On interdisait les conversations qui pouvaient diviser. Les journées se déroulaient sans surprise. La vie normale, en somme. Par sa naissance extravagante dont chacun murmurait l'histoire avec des airs consternés mais aguichés, Victor Louzelergue avait été une exception dans la bonne société.

A présent, Élisabeth Bauvy ne savait plus rien de la vie, de ce qu'elle avait le droit de faire, penser, dire. Il lui manquait un guide, un conseiller. Mais de toute urgence, elle allait retrouver son autorité sur sa fille, avec ou sans guide. Il le fallait.

Elle eut la vision de Marie-Agnès dans la traction à côté de Victor entre Paris et Louveciennes. L'intérieur de l'auto, son tableau de bord avec le levier de vitesses. Dehors le capot brillant sous la pluie, à l'intérieur, le clair-obscur. Ces images lui furent intolérables. Un tête-à-tête pouvait devenir si intime dans une voiture... Elle avait eu raison de maintenir jusqu'alors cette enfant à l'écart de leur cercle. A peine y avait-elle mis le pied que la péronnelle cherchait à en occuper le centre. Victor, ce coureur de jupons notoire, aurait-il osé toucher sa fille ? Halte-là ! se dit-elle. Interdiction de se torturer. Oui, Victor aimait les femmes, mais de là à s'intéresser à cette petite étudiante insipide et sans imagination... C'est cela, Marie-Agnès est insignifiante, se répéta Élisabeth. Elle remit un peu d'ordre sur l'étagère aux épices, retrouva une énergie et une confiance qui lui permirent de faire face.

— Va mettre le couvert, ordonna-t-elle avec un apparent détachement.

Ce fut reçu comme une claque.

Marie-Agnès sortit en trombe. Elle ne voulait plus voir celle qu'elle admirait, adorait et haïssait à la fois, et qui se montrait encore et toujours la plus forte, la plus raisonnable, l'adulte. Elle monta dans sa chambre privée d'un combat, d'un triomphe.

Les nerfs tendus, le corps exténué, l'esprit désenchanté après vingt-quatre heures presque irréels, elle s'abîma dans des sanglots, la tête dans son oreiller. Elle revivait chaque moment de son vol, entendait le ronflement du moteur, voyait le cercle à peine dessiné par l'hélice en mouvement, et s'entendait rire quand l'avion cahotait sur l'herbe avant de prendre son envol. Elle criait aussi de peur, tête en bas dans le ciel.

Avait-elle rêvé tout cela ? Remonterait-elle jamais dans une de ces machines volantes en bois et toile ? Cette seule hypothèse lui fut une douleur. Dans ses sanglots elle appela Victor, mais imagina qu'elle n'avait été pour lui qu'un jouet. Il avait tant vécu, cet homme, à ce qu'on avait dit. Avait-elle pu, elle, Marie-Agnès Bauvy, intéresser réellement l'aviateur ? Prise d'un malaise, elle se précipita au-dessus de la cuvette des toilettes et rendit une bouillie de pain et de fromage à l'odeur aigre.

Zones de turbulences

Quand elle traversa de nouveau le palier, elle entendit les bruits de couverts dans les assiettes, mais aucune voix.

Le tête-à-tête de ses parents au dîner.

10

Son repas terminé, Élisabeth monta dans sa chambre, s'assit devant le miroir de sa coiffeuse, et interrogea son visage sans joie. Les traits étaient réguliers. Elle ne vit pas qu'ils s'étaient durcis au fil des ans. Des images se succédaient dans la glace, se chevauchaient les unes les autres, se neutralisaient, se contrariaient, se voilaient, qui, toutes, avaient en commun le visage de Victor à différentes époques. Elle crut réellement le voir dans le reflet du miroir tant les souvenirs devenaient précis. Il lui avait murmuré ses premiers mots tendres avec maladresse, juste après sa formation de pilote à Marrakech, mais surtout après son retour d'Amérique d'où il était revenu glorieux avec son brevet de pilote de chasse. A peine avait-il vingt-deux ans... Elle s'en était un peu amusée, du haut de sa trentaine. Se repentait-elle, ce soir, d'avoir installé elle-même le jeu de l'amour impossible. Ce jeu autorisait celui qu'elle s'était refusé pendant des années à considérer comme un homme à s'en amuser maintenant. La tendresse d'Élisabeth avait été toute maternelle si longtemps.

Ses trente ans lui parurent loin, si loin... Avait-elle vieilli à ce point ? Elle n'osa pas se demander s'il lui restait de la séduction. De sa jeunesse chez les ursulines elle avait gardé la méfiance de la coquetterie, du besoin de plaire. Mais ce soir, elle y cédait. A dix-huit ans, sa grâce sans fard avait rassuré le jeune séminariste. Près de lui, elle n'avait connu aucun trouble des sens. Elle avait attendu sagement leurs épousailles. Bien plus tard, elle avait apprécié les attentions du jeune aviateur qu'elle avait maintenu pourtant à distance. A chacun de ses retours, elle avait pris l'habitude de recevoir comme un dû ses compliments muets, prisonniers de ses interdits à elle. Leur différence d'âge et son honorabilité de femme convenable avaient servi de paravent à sa pudeur, à ses inquiétudes profondes.

Se serait-il lassé d'elle après bientôt deux ans d'Indochine ? Il avait raccompagné la petite jusqu'ici et s'en était allé comme un voleur. Ses flatteries n'avaient pas eu la saveur de jadis. Élisabeth dénoua sa lavallière, dégrafa son corsage et vérifia sur son corps les marques du temps. Une femme était finie à quarante ans. Avait-elle seulement existé ? Elle se moula le buste des deux mains et comprima ses seins entre ses paumes. Son cœur battit de plus en plus fort. D'autres images apparurent dans le miroir.

Sa poitrine gonflée de lait après l'arrivée du bébé. Les pincements des petites lèvres, la bouche avide, appliquée à extraire d'elle les sucs de la vie. Elle vivait en harmonie avec le monde, le ciel et l'ordre des choses. Elle savait pourquoi elle existait. Un jour, il y avait eu les cris, les pleurs sans fin du nourrisson congestionné devant le mamelon qu'il refusait. La mère présentait le sein, l'enfant s'en détournait et les cris redoublaient. Le bébé perdait du poids de jour en jour. Des mamelles gonflées comme les siennes pouvaient-elles s'être asséchées en dix jours ? On était passé aux biberons mais les pleurs persistaient. L'eau bouillie et sucrée demeura un recours. Une première semaine, une deuxième. La petite dépérissait. Élisabeth avait oublié qui avait eu l'idée des jus de carotte.

Elle considéra sa poitrine à peine affaissée avec une pointe d'orgueil, remonta lentement ses mains jusqu'au visage et tira ses traits vers les tempes. Ses vingt ans étaient là, devant elle. Elle avait été belle et ne l'avait pas su. La honte de séduire. Elle n'avait pas séduit Jacques Bauvy, il ne l'avait pas séduite non plus. Cela avait ôté toute idée de faute. Aujourd'hui, elle se mettait à rêver, à attendre, troublée, ainsi qu'une adolescente. Elle avait dû cesser de grandir le jour de son mariage.

Aujourd'hui, l'homme de trente-deux ans qu'était Victor n'avait plus de point commun avec l'enfant à la fois timide et frondeur qu'elle avait connu, ou si peu. Il était revenu différent d'Indochine. Elle ne décelait plus en lui les frémissements du doute. Il avait la désinvolture de qui n'a plus rien à perdre. L'expérience l'avait mûri.

Comment empêcher que des sentiments s'installent entre cet ami sur lequel elle posait depuis des années un regard de propriétaire et sa fille qui lui échappait ? On était dans une mauvaise pièce de boulevard où elle tenait un très vilain rôle. Un rôle vulgaire.

Son instinct lui avait appris ce qu'elle ne pouvait ni admettre ni formuler.

Dans le flou de l'arrière-plan, elle fixa un point. Comme si elle avait réglé l'objectif d'une longue-vue, ce point devint précis. Le chiffre brodé sur sa taie d'oreiller. Alors, elle considéra les lits jumeaux, drapés sans un faux pli, et fut frappée par l'austérité de cette chambre. Pas de tableaux, pas de fleurs, aucune fantaisie. Sa solitude était là, sa résignation. Pourquoi une vie de vertu ne l'avait-elle pas rendue plus heureuse, plus accomplie ? Une angoisse lui dessécha la bouche.

Elle entendit les pas de son époux approcher et se précipita dans la salle de bains.

11

Marie-Agnès et Victor s'étaient donné un rendez-vous quotidien au Capoulade entre dix-huit et dix-neuf heures. Ils avaient ce lieu au cœur du quartier Latin pour se rencontrer ou laisser des messages. Le Capoulade et le Mahieu, orientés vers le jardin du Luxembourg occupaient chacun un angle de la rue Soufflot. Étudiants, artistes et intellectuels s'y rencontraient jusqu'au petit matin. Propulsée dès sa première année universitaire dans les débats et joutes verbales entre étudiants, Marie-Agnès avait été obligée de comparer. L'existence anémiée de ses parents, le néant de sa vie intérieure lui étaient apparus pire qu'une tare familiale. Une ivresse de convalescente trop tôt mise au grand air s'était emparée d'elle. Son année de propédeutique s'était déroulée dans une exaltation singulière, et la première année de licence l'avait jetée à corps perdu dans les désordres du monde où l'affaire Rosenberg avait tenu une grande place.

Dans le brouhaha du Capoulade et du Mahieu, elle avait aussi connu d'autres tourments : elle avait été amoureuse. Jean, l'étudiant le plus actif au

comité de soutien des Rosenberg, avait éveillé en
elle des émois bouillonnants qu'elle avait tenus
secrets. Elle avait admiré ce garçon généreux, éner-
gique et travailleur. Elle n'aurait pas su dire s'il
était beau. Un jour, il lui avait ouvert son cœur. Il
l'aimait. En une phrase et un regard, il l'avait sortie, elle, Marie-Agnès Bauvy, de son confortable
anonymat. Elle n'avait su faire face. Elle l'avait
observé, incrédule, avait écouté les mots dont elle
avait rêvé, et, au lieu d'en éprouver de la joie, elle
avait eu froid. Lui, ému, vulnérable, avait gardé le
silence après sa déclaration et manipulé nerveusement son paquet de cigarettes. Tout d'un coup,
elle l'avait vu tel qu'il était. Sa pomme d'Adam pro-
éminente montait et descendait quand il parlait et
chaque fois qu'il essayait d'avaler sa salive devenue
rare par l'émotion. Cela lui parut laid. Ses cheveux
un peu gras ressemblaient à du chaume raide sur
son front trop haut, ses dents se chevauchaient. La
lumière qu'il avait irradiée tant que leurs sentiments étaient restés secrets s'était éteinte. Jean
n'était plus le héros de l'affaire Rosenberg, mais un
simple étudiant épris, maladroit, et qui exhalait
une odeur de transpiration. Il attendait d'elle le
partage des émotions, l'envie de faire des projets.
Jamais encore elle n'avait reçu la chaleur d'un
regard amoureux. Ce jour-là, elle en avait été
comme brûlée. Tout d'un coup, Jean lui avait ins-
piré une sorte de répulsion avec ses sentiments et
sa nervosité, son corps trop maigre, dégingandé.
Désemparée, accablée, elle avait fui, au bord des
larmes. Chaque fois qu'il avait souhaité une explication, elle n'avait éprouvé que pitié pour lui et
pour elle-même et elle l'avait fui.

Il y avait quelques mois de cela. A présent, elle
remontait le Boul'Mich', tête haute et sourire aux

lèvres, en direction du Capoulade. Elle avait dénoué ses tresses pour laisser sa chevelure tomber en cascade sur ses épaules selon le souhait de Victor. Sac en bandoulière, elle enfonçait ses mains dans les poches de sa jupe large pour mieux les plaquer contre son ventre et sentir le balancement des muscles sous ses paumes. « Je suis une femme... J'ai un amant... », se plaisait-elle à murmurer tout en cambrant ses reins. Ces mots qui, jusqu'alors, n'avaient appartenu qu'aux autres, lui donnaient l'illusion d'être passée dans le camp des adultes.

Au Capoulade, elle prit place à un guéridon et ne quitta pas des yeux l'animation du carrefour où s'embouteillaient voitures, autobus et deux-roues, à grands fracas de klaxon. Les dernières lueurs du jour s'effilochaient sur les marronniers roux du Luxembourg. Dans le mouvement de la foule, elle aperçut Victor.

Il s'installa en face d'elle.

— Alors, Poupée, tu as commandé quelque chose ?

— Je vous attendais.

— Un petit apéritif avec moi !

— Je n'aime ni le vin ni les alcools, vous le savez...

— Ce n'est pas grave, tu apprendras... A ton âge on doit commencer à savoir apprécier les bonnes choses, n'est-ce pas ?

— Rien que l'odeur me soulève le cœur.

— Ce n'est pas une odeur, gamine, c'est un parfum, un bouquet, une senteur exquise, un arôme... Tu grandiras, va !

Les mêmes mots que l'autre nuit : « Tu grandiras, va ! » Quel malaise d'y repenser au milieu des consommateurs. Juste après l'amour, une coulée un peu tiède, venue de lui, serpentait sur son ventre à elle. Elle n'avait pas osé bouger. Victor s'était mis à rire avec beaucoup de tendresse. « Si tu te voyais !... Les grandes amoureuses se roulent dedans, sais-tu ? » Elle lui avait jeté un regard perdu, comme si une araignée se promenait sur elle. « Tu grandiras, va ! » avait-il dit en lui lançant une serviette-éponge. « Je préfère éviter de t'offrir un aller et retour en Suisse... », avait-il ajouté. Elle l'avait dévisagé, l'air idiot : « Pourquoi en Suisse ? » « C'est là que les riches vont faire les anges, gamine ! »

C'était étrange de se retrouver côte à côte et « normal », au milieux de gens « normaux », après de pareils moments d'égarement, de si spectaculaires assauts des corps, des frénésies de dément. Elle jeta un coup d'œil circulaire et imagina cette folie passagère dans chaque consommateur qu'elle dévisageait, et elle eut une sorte de nausée. La vie avait de curieuses exigences...

— Tu vas apprendre à dominer tes dégoûts...

Lui s'était toujours efforcé, où qu'il fût, de goûter, ne fût-ce qu'une fois, un peu de ce dont les autochtones se nourrissaient. Le plus difficile avait été une araignée vivante au Tonkin. Mais pour les beaux yeux d'une Eurasienne, il avait essayé de cacher sa répulsion.

Se dominer, toujours se dominer, se dit Marie-Agnès avec humeur. Les grandes personnes s'étaient-elles donné le mot ? Jusqu'à quand la traitera-on en enfant ?

— Tu as le temps, continua Victor. Il faut une vie entière pour grandir. Lorsque tu me repousses dans la rue quand je veux te prendre par le bras ou l'épaule, c'est un refus d'être une vraie femme, une adulte.

En effet, elle n'aimait pas qu'il la serre de trop près en public. Surtout dans ce quartier. Pourtant le désir d'être vue en compagnie de cet homme, et de laisser deviner qu'il était son amant la tenait. Tout cela lui brouillait le jugement. Il lui manquait quelque chose.

— Hep, garçon !

— Un Coca-Cola ! lança Marie-Agnès.

— Bravo, les jeunes ! Vous arrosez vos grandes heures aux bulles de Coca-Cola, maintenant !

La jeune fille le regarda, l'air un peu stupide. Elle n'osait jamais formuler ses questions.

— On dirait qu'il y a une génération entre toi et moi. Tu te rends compte qu'une douzaine d'années seulement nous séparent ! Je t'ai presque vue naître. Le sais-tu ?

Il balaya de la main des miettes imaginaires sur leur petite table de bistrot comme s'il essayait d'un mouvement sec d'effacer le temps.

— Vous en avez parlé, l'autre jour, je n'en sais pas plus, ou si peu. J'ai appris seulement que je suis née en avance dans la maison de campagne de mes grands-parents paternels. J'ai fini par comprendre qu'il s'était passé quelque chose de grave et que depuis, tout avait changé pour mes parents. En avez-vous une idée ?

A douze ans, on ignore ce qui se passe entre les grandes personnes. On ressent, on observe, on s'imprègne d'une atmosphère : les fleurs dans la chambre, les vapeurs de l'eau de Cologne, la maman de vingt ans, radieuse dans son lit avec son bébé contre elle, tout neuf de la nuit. Victor n'avait pas bronché, fasciné par la femme qu'il voyait pour la première fois en chemise de nuit. Elle ne lui avait jamais paru si jolie. A côté de lui, Hubert s'agitait, impatient de retourner jouer, ou gêné, peut-être.

Victor attarda son évocation à l'instant précis où il avait contemplé, ébloui, les deux nattes blondes à peine tressées qui glissaient jusqu'à la taille. Il n'avait jamais imaginé des cheveux si longs, si vivants. Un trouble délicieux s'était emparé de lui. A cette époque, Élisabeth ne se présentait que coiffée de nattes enroulées autour de la tête comme certains portraits sur des médailles anciennes. Victor l'avait contemplée sans réserve. Le décolleté formé par la dentelle de la chemise de nuit, les rondeurs de la poitrine... Le mystère de cette naissance survenue entre le retour de la promenade du soir et les jeux du lendemain l'avait bouleversé. Jamais il n'avait approché de si près une femme ainsi dépourvue des défenses que sont les vêtements, les bijoux, la coiffure. En fait, à douze ans, il n'avait jamais vu une femme dans un lit.

Marie-Agnès près de lui se mouchait.

— Tu pleures, gamine ?

— Est-ce vrai qu'elle était si heureuse de me serrer contre elle ?

— Je te le jure.

— Que s'est-il passé ? Pourquoi m'en veut-on ?

Victor caressa les cheveux de la toute petite fille de vingt et un ans.

— Ton père a été bêtement malade pendant les quelques jours qui ont suivi ta naissance et je me souviens qu'il a gardé la chambre. Une indigestion, je crois. La mère d'Hubert aurait pu t'en dire davantage puisqu'elle a aidé à l'accouchement. Mais elle est morte deux ans après. Allez, Poupée, c'est le moment de boire un remontant. Voilà justement le garçon. Es-tu sûre de vouloir un Coca-Cola ? Moi, je prendrai un blanc-cassis du chanoine.

Il passa au ton de la confidence. Il allait s'absenter pour une semaine : quelques démarches et des tests professionnels pour entrer à l'EPNER, l'école de formation de pilote d'essai. Il ne fallait pas qu'elle s'inquiète de son silence.

— Croyez-vous que je pourrai retourner à Buc, un jour ? demanda la jeune fille.

— A la bonne heure ! Le gros chagrin s'en va. Bien sûr que nous y retournerons, mais j'ai une bonne nouvelle pour toi : à mon retour de stage, il y aura un déjeuner avec tes parents chez Hubert et Mimi.

Marie-Agnès, l'air contrit, allait objecter qu'on ne la convierait pas, mais il lui coupa la parole.

— Je t'ai fait inviter de gré ou de force.

Il la pinça pour provoquer un cri ou un sursaut, et lui jeta un coup d'œil complice. Elle laissa monter en elle la tension d'un défi. Cette alliance avec Victor lui donna de l'assurance. Elle lui sourit, un poing en avant, comme pour cogner.

12

A Croissy, dans une maison de plain-pied dont le jardin bordait la promenade des bords de Seine, vivait le jeune couple Chevalier. Les parents de Marie-Agnès s'y comportaient en habitués. Reconnaissant leurs bons mots, leurs éclats de rire, leurs niaiseries, leurs manies, leurs souvenirs, la jeune fille fut saisie par la même émotion que l'autre jour et se sentit de nouveau étrangère. Elle fut prise aussitôt d'une impatience à se faufiler dans leur passé, leurs habitudes, tout ce qui semblait avoir fait le meilleur côté de leur vie. Il lui fallait s'emparer de ce mystère qui les liait, leur donnait de la joie et de l'humour, son dû.

Mère et fille avaient eu un moment de tension en quittant Louveciennes parce que Marie-Agnès avait laissé ses cheveux sur les épaules. Le mauvais goût, le laisser-aller, cette mère bien élevée n'en voulait pas. Ne le lui avait-elle pas répété vingt fois, sinon cent ? L'obstination de sa fille avait alerté Élisabeth. Il y avait du Victor Louzelergue là-dessous. Cette enfant lui tenait tête de façon alarmante. Quelle idée avait traversé l'esprit des Chevalier ? Ils avaient insisté pour qu'elle vienne. Un vent nouveau soufflait sur leur petit groupe. Jusqu'où sa fille lui rongerait-elle son existence ? Élisabeth s'interrogeait avec la mauvaise foi de ceux qui, acculés à une vérité redoutable, préfèrent la contourner. Elle évitait de se poser les vraies questions, les bonnes questions, celles qui l'auraient poussée à comprendre. A peine venait-elle d'entrevoir dans la coquetterie nouvelle de sa fille l'influence de Victor, qu'elle imagina une rencontre amoureuse avec un étudiant du quartier Latin. Pour cet inconnu, la sotte découvrait les armes de la séduction. Pourquoi inventer que cette grande godiche à l'esprit un peu lourd et au teint blafard cherchait les attentions de Victor ? Cette idée pourtant ne cessait de tarauder Élisabeth.

Quelle désagréable impression de pénétrer chez leurs amis, escortée de cette fausse vamp aux cheveux épars, grandette et gauche !

Sur Jacques Bauvy tombèrent plaisanteries acidulées, voisines du sarcasme, moqueries et provocations. Les deux amis avaient retrouvé leur complicité, leurs jeux. Jacques, leur aîné d'une quinzaine d'années, n'arrivait pas à quitter son attitude de professeur ennuyé de promener ses élèves à la sortie annuelle. Cela les excitait comme des collégiens. Risible était son habitude de ne jamais appeler Élisabeth par son prénom. Il disait « ma femme » ou même « ma femme chérie » d'une voix déshabitée, neutre. Cela pouvait ressembler à une insulte. Mais non, de toute évidence, c'était devenu un prénom.

Embrassades et poignées de main terminées, M. le professeur se débarrassait de son pardessus et, presque toujours, se retirait dans ses pensées, calé au fond d'un fauteuil. Là, il ne semblait plus entendre que les bribes de la conversation. Il attendait que l'on dispose la table de bridge et sorte les jeux de cartes. De temps en temps, il souriait l'air lointain quand des rires ou des éclats de voix fusaient. Tel, il faisait partie de leur ambiance. On souriait aussi de sa mise. Son dos un peu voûté, ses épaules tombantes relevaient ses vestons à l'arrière et les faisaient pendre par-devant. On voyait le fond de son pantalon lustré. Ses cravates sombres accusaient sa mauvaise mine, ses chaussures étaient trop lourdes. En haut de son épaisse silhouette, une tête ronde et rose, encadrée de boucles ni blondes ni rousses et chaussée de lunettes aux verres un peu épais, annonçait le vieillard par son inclinaison en avant. Pourtant, son apparente indifférence entretenait le sentiment paradoxal de lui être inférieur, de paraître futile près de lui, comme cela arrive au contact d'une certaine catégorie d'intellectuels ou de savants mal fagotés.

On servit l'apéritif, et Victor s'adressa à lui, par bravade en levant son verre.

— Oh ! le séminariste ! J'ai décidé de prendre en main l'éducation de ta fille !

Il se tourna vers Marie-Agnès sans prêter attention au léger haussement d'épaules de Jacques Bauvy (qui pouvait aussi bien marquer l'indifférence que l'incrédulité — à moins que ce ne fût une marque de confiance ou de complicité ?). Il enchaîna :

— Allez, viens sur mes genoux, Poupée, et bois une gorgée avec moi.

— Cessez de l'appeler Poupée, Victor ! Ce surnom attribué à chacune de vos conquêtes est du plus mauvais goût, coupa Élisabeth, hors d'elle. Toi ! va t'asseoir comme tout le monde !

68

Victor se leva sans mot dire, le visage radieux de qui vient de faire mouche et savoure un triomphe. Il remit son verre à Marie-Agnès, héla son ami : « Musique, Hubert ! » comme il l'aurait ordonné à l'ouverture d'un bal, glissa un bras autour de la taille d'Élisabeth et l'entraîna dans quelques pas de valse à travers le salon en scandant le rythme gaiement.

— De la gaieté, jolie madame, de l'entrain que diable ! La vie est courte ! Laissez votre fille se distraire, et profitez pour en faire autant !

Il finit sa ronde près du buffet où était appuyé le couple Chevalier, échangea Élisabeth contre Mimi et virevolta dans la pièce. Sa jeune partenaire poussait des cris joyeux en agitant ses mains aux poignets alourdis de bracelets. Ils chancelèrent comme deux êtres ivres sur le canapé où Marie-Agnès les observait, hilare.

Élisabeth, figée, était ulcérée devant ce tableau. Un court instant, elle se demanda par quel miracle, par quel privilège, Victor dont l'être entier exprimait l'amour des grands espaces et de l'aventure leur avait gardé intacte son affection. Elle ne pouvait jamais le regarder sans que son imagination déroule en arrière-plan des paysages immenses, des ciels, des océans ou des montagnes, cadre de sa vie d'homme libre aux commandes de machines impressionnantes. Cela imposait bien malgré soi une sorte de craintif respect. On lui pardonnait ses faiblesses.

Victor enfouit sa main dans la chevelure de Marie-Agnès et passa le bras autour de son épaule. Il y avait dans ce geste quelque chose de si naturel, qu'Élisabeth avait dû faire des efforts inouïs pour s'empêcher d'intervenir. Un seul mot risquait de révéler ses propres sentiments qui se développaient, en ce moment, se multipliaient, croissaient jusqu'à l'étouffer. Elle tremblait.

Elle regrettait d'avoir dressé Victor depuis des années à ne jamais montrer son amour pour elle. Quelques codes invisibles aux autres entretenaient l'ambiguïté de leur relation... Les expressions les plus obscures, chargées de double sens, l'avaient toujours troublée plus qu'une franche déclaration. Elle avait cru que cela lui suffirait jusqu'à la fin de ses jours. Elle avait refusé une fois pour toutes de faire partie du lot de ces lamentables amoureuses clandestines qui succèdent à d'autres amoureuses non moins lamentables puisque toujours abandonnées. Mais le spectacle de Victor serrant contre lui Marie-Agnès lui faisait si mal, qu'elle était obligée d'admettre l'évidence. Elle désirait, depuis des années, une étreinte, une vraie, accompagnée de chuchotements tendres dans les bras de cet homme à la crinière folle. Et tant pis si elle l'avait connu en culottes courtes. Elle sentit sa quarantaine et ses mille flétrissures devant l'insupportable spectacle. Comment continuer stoïquement la journée ?

Elle fut traversée par la vision de sa petite fille en délire dans son lit-cage, se rappela le médecin accablé d'impuissance et de résignation. Dans sa compassion, il l'entourait de prévenances. Elle nouait ses doigts, se mordait la lèvre. Elle s'était mise à envisager l'enterrement en Normandie, le pays de sa famille maternelle, tout en écoutant le docteur, mais pas la guérison : si la petite passait la nuit, elle pouvait s'en sortir. Faible espoir. « Vous êtes courageuse, madame », avait-il dit.

Elle ne connaissait pas la véritable nature des bouffées d'air brûlant qu'elle respirait à la vue de l'enfant devenue jeune fille assise sur le canapé près du beau Victor Louzelergue. Où était la joie d'être mère ?

Élisabeth eut un goût de fiel au fond de la gorge. Mais il fallait se ressaisir, garder la tête haute.

13

Au retour, régnait un lourd silence, chargé de menaces dans la voiture des Bauvy. Élisabeth ne pouvait plus ignorer les liens entre sa fille et l'aviateur. Victor les lui avait fait comprendre au cours du repas. Mais de quelle manière, Seigneur ! Dans le brouhaha des conversations entrecroisées où la voix d'Hubert prédominait, on avait évoqué les spectacles donnés actuellement à Paris. Cinéma, music-hall, théâtre. La manière qu'avait Hubert de reprendre les mots de Victor et de les jeter avec force agaçait Marie-Agnès. Elle lui avait coupé plusieurs fois la parole avec véhémence, encouragée par le rire de Victor. Ni Élisabeth ni son époux n'avaient pu répliquer. Ils sortaient rarement. Élisabeth n'avait d'ailleurs pas prêté attention à ce qui se disait, elle regroupait ses forces pour ne pas tomber dans un vertige : elle découvrait que Marie-Agnès savait discuter, donner son avis, le confronter à celui des autres. Pouvait-on prévoir que ça vous changeait une jeune fille du tout au tout que de l'envoyer à la Sorbonne ? Élisabeth avait été fascinée : Marie-Agnès avait eu plein de vie et de feu pendant cette conversation débridée. Ses yeux avaient ostensiblement évité de croiser les siens. Pouvait-on croire qu'ils n'avaient été tournés depuis tant d'années que vers sa mère, chargés d'attente et de don de soi ?

Élisabeth avait entendu voler par-dessus la table des noms pleins de légendes : Édith Piaf, Yves Montand, Mouloudji, Prévert, Saint-Germain-des-Prés, Boris Vian, Juliette Gréco, Gérard Philipe, le jazz... Des noms d'artistes à la vie trop libre assurément. Elle se méfiait de ces gens-là. Ils pervertissaient la jeunesse avec leurs extravagances, leur absence de morale, leur provocation.

Tout d'un coup, la voix de Marie-Agnès était montée, mélodieuse :

C'est si bon
De se dire des mots doux
Des petits rien-du-tout
Mais qui en disent long...

— Ma parole, elle chante bien, cette petite ! avait lancé Victor.

— On ne chante pas à table ! avait coupé Élisabeth.

Excitée entre l'exaspération de sa mère et les encouragements de Victor, la jeune fille avait continué :

... C'est inouïïïï
Ce qu'elle a pour séduiiiire
Y compris ce que n'peux pas diiiire...

— Cesse tes extravagances !

— Oh, Élisabeth ! laissez-la nous charmer. Allez, chante, Poupée !

La mère avait alors fixé sa fille durement dans un ultime effort pour la soumettre. Marie-Agnès s'était dérobée. Victor, attentif aux pensées d'Élisabeth, avait pris possession du silence tombé sur la tablée, l'avait habité comme un acteur talentueux peut habiter seul une scène de théâtre et la rendre

vivante sans prononcer un seul mot. Ses yeux proje-
taient une force, un éclat pervers. Ils avaient immo-
bilisé l'attention d'Élisabeth qui lui faisait face. Victor s'était penché vers elle. Sans rien dire mais en
la fixant toujours. Il faisait appel à tous leurs codes
secrets et elle guettait un petit signe rassurant. Mais
pas la gifle invisible qu'il lui préparait : son bras
autour du cou de Marie-Agnès, il s'était adressé à la
fille tout en toisant la mère. Les mots avaient tout
avoué.

— Ça ne fait rien, Poupée, tu me la chanteras
demain, ta chanson ! Dans un grand lit d'amour...
Dites-nous de quoi on peut parler, jolie madame ?

Sur le col amidonné, la tête au chignon sévère
semblait en équilibre. Élisabeth s'était emparée du
panier à pain vide, de la bouteille et s'était levée
avec précaution. Elle avait disparu dans la cuisine à
la manière d'une somnambule. La gravité de l'inci-
dent était passé inaperçu pour les autres : Élisabeth
participait toujours au service et aux tâches culi-
naires lorsqu'on se réunissait chez les Chevalier.
Mais rien n'avait échappé à Victor.

Dans la cuisine, elle s'était interrogée : qui était
devenu Victor ?

La petite venait d'avoir trois mois. Du haut de
ses vingt ans, et avec toutes ses illusions, Élisabeth
n'avait pas encore compris que son couple avait
sombré. Elle se rassurait : les difficultés passeraient
dès qu'on aurait trouvé le remède pour alimenter
son bébé. Les cris cesseraient, on connaîtrait à nouveau le sommeil. Plus tard seulement, elle réalisera
que c'était son dernier vrai Noël, la dernière vraie
fête de sa vie. Ses beaux-parents étaient encore en
bonne santé, les parents d'Hubert toujours de ce
monde, ainsi que sa mère à elle. Cette année-là,

l'oncle de Victor avait insisté pour que le garçon passe le réveillon de Noël chez son père à Rouen. Sa première réunion de famille.

Conçu pendant un moment de faiblesse, alors que le divorce de ses parents venait d'être prononcé, Victor n'avait jamais été reconnu par son père. L'homme avait accusé celle dont il se séparait de l'avoir séduit encore une fois dans le but de garder un pouvoir sur lui et de lui extorquer une deuxième pension. Ne venait-elle pas d'obtenir une belle rente pour leur premier et unique fils ? Cette seconde naissance était un chantage. Il avait refusé de donner son nom à l'enfant. Une pension, oui, mais pas pour la mère. Puisque l'oncle Paul avait proposé d'élever le petit à la Colombière, sa belle demeure où il se trouvait très seul depuis la mort de sa chère Madeleine, c'est à lui que reviendrait la confortable pension alimentaire. Victor, dont la mère s'était détournée, avait donc toujours été tenu à l'écart des siens. Quant à son père, remarié, il avait eu deux autres enfants.

Cette année-là, l'oncle Paul avait insisté pour que Victor partage avec ses frères et sa sœur la veillée de Noël.

Sa valise pleine de cadeaux, il avait été conduit, le cœur lourd d'appréhension. Le lendemain, son oncle Paul avait été le rechercher pour festoyer chez les Bauvy.

Jusqu'à Château-Gaillard, l'enfant n'avait dit mot, traits tirés, mains crispées sur son bagage vidé de ses présents. L'oncle avait mis cette humeur sur le compte de l'émotion, de la frustration au cœur d'un bâtard. Il redoublerait d'attentions dans les jours à venir. Avec le temps, l'enfant finirait par se faire une place parmi les siens. Mais Élisabeth, en le voyant si pâle descendre de la voiture, avait lu dans son regard les ombres d'un gouffre creusé par une immense douleur. Il avait tourné les talons à la vue de son ami Hubert, et s'était précipité par la haie chez les Bauvy, à la manière d'un animal blessé qui cherche à se cacher pour lécher ses plaies. Seul.

Peu après, alors qu'elle mettait la dernière main à la décoration florale, Élisabeth l'avait surpris se glissant furtivement jusqu'à elle, alourdi par un chagrin énorme. Elle l'avait encouragé à parler, invité aussi à trier les fleurs avec elle pour l'occuper. Depuis la naissance de la petite, Victor cherchait souvent sa compagnie.

L'air mystérieux et complice, Élisabeth avait pris la main du garçon et l'avait emmené dans la pièce voisine. Il serait le premier à voir le sapin de Noël. Mais, dans l'entrebâillement de la porte, saisi, il s'était mis à hurler comme devant une vision de cauchemar. Vite, il avait étouffé ses sanglots en se mordant le poing, mais avait été pris de tremblements, le regard fou devant les paquets disposés à côté des souliers dont une paire lui appartenait.

Personne n'avait pu obtenir la moindre explication à cette crise. Des années après seulement, il avait raconté par bribes à Élisabeth, et avec un humour acerbe, sa veillée de Noël parmi la clique de ses frères et sœur qu'il n'avait jamais voulu revoir. Sous le toit de son père, on lui avait fait assister au déballage des cadeaux, dont ses présents faisaient partie. Pas un seul ne lui avait été destiné.

Était-ce lui qui venait de la poignarder de la sorte, et devant leurs amis ?

Dans la voiture, la fille souriait béatement à l'arrière, tandis que la mère, rigide, cherchait le moyen d'éteindre l'incendie qui la dévastait. Il fallait au plus vite séparer Marie-Agnès et Victor. Elle fixait un point invisible à l'avant du capot sans voir les arbres presque entièrement dépouillés de leurs feuilles qui étiraient dans la brume mauve leurs membres sinistres.

14

Élisabeth referma sur eux la porte d'entrée et lança une sentence à sa fille : puisqu'elle ne savait pas se tenir, on ne l'emmènerait plus chez les amis. Dès que sa femme montait le ton, Jacques courbait davantage les épaules et glissait telle une ombre. Il semblait s'enfoncer dans la porte de son bureau tel un passe-muraille.

Élisabeth retint la gifle qui lui démangeait la paume. Ce n'était pourtant pas faute d'avoir envie d'éteindre d'un coup la flamme qui pétillait dans les yeux de l'insolente. Un défi y siégeait, soutenu par le fantôme de Victor. Élisabeth le devinait. Garder la face quand une arme blanche entre les côtes vous fouille le cœur devient de l'héroïsme. Mais que faire à présent et que dire ? Jamais elle ne s'était imaginée dans une situation aussi éloignée des normes apprises. Jusqu'où allait la mener ce conflit ? Y avait-il décidément une malédiction attachée à cette enfant ? Marie-Agnès en ménage bientôt avec Victor Louze-lergue, ou pis, grosse de lui ! Cette image donna à la mère la force de héler sa fille sur un ton péremptoire au moment où elle s'apprêtait à monter.

Les animaux bien dressés obéissent par réflexe. La voix de leur maître pourrait les envoyer à la noyade. Marie-Agnès redevint brusquement une petite fille. Le ton sec de sa mère lui vidait le cerveau, la privait de ses propres pensées, de ses défenses. Victor n'était plus là pour soutenir ses provocations. Son cœur cognait un peu plus fort à mesure qu'elle approchait du salon, comme une prévenue qui va comparaître et craint les lois.

Élisabeth choisit le meilleur fauteuil et sourit à sa fille pour essayer d'établir un climat propice à la conversation. Combien de fois, par le passé, l'avait-elle ainsi bercée avec des mots exquis et trompeurs... « Ma chérie, dis-moi ce qui ne va pas, confie-toi. Tu sais bien qu'une mère est là pour comprendre... » Depuis l'enfance, Marie-Agnès, éperdue du besoin d'harmonie, se confiait. Elle livrait peu à peu ses doutes et ses peines, recroquevillée contre le buste raide, elle écoutait la voix qu'elle croyait avenante et se laissait transpercer avec délectation par le regard inquisiteur. Quand ses secrets ne lui appartenaient plus, les jugements tombaient, et parfois, les punitions. Sa rupture avec son amie Christine avait été ordonnée après un tel abandon : « Une vagabonde dont les parents sont divorcés ? Je ne veux pas que ma fille fréquente ceux qui vivent dans le péché. Promets-moi d'éviter désormais la fréquentation de cette camarade. » Marie-Agnès avait promis et sa maman lui avait préparé un bon goûter. La fillette en avait éprouvé un malaise indescriptible, une peine infinie pendant des jours et des jours. Elle avait décidé de ne plus se confier, mais ne savait résister. L'impression de s'enfoncer dans un énorme édredon moelleux à mesure qu'elle renonçait à elle-même devant la volonté maternelle était délectable. C'est à peine si depuis la Sorbonne elle croyait se protéger.

— Il est grand temps, ma fille, que tu voles de tes propres ailes, ne crois-tu pas ? dit Élisabeth avec efforts.

Une aubaine pour Marie-Agnès. Elle proposa de s'installer dans la chambre de bonne de son amie Anne, rue de Vaugirard. Au moment où Élisabeth songeait à donner son accord, elle entrevit que ce serait livrer totalement sa fille à Victor. Elle s'emporta comme claque la grand-voile d'un vaisseau sous l'effet d'une bourrasque. « Avec quel argent paierais-tu le loyer ? L'électricité ? Ta nourriture ? Réfléchis avant de parler ! » Elle avait failli ajouter « pauvre sotte ! ». Marie-Agnès suggéra qu'elle donnerait des leçons particulières et accepterait n'importe quel petit job. Sa mère la fit taire. Voulait-elle donc laisser croire au voisinage que ses parents se débarrassaient d'elle ?

Marie-Agnès l'écoutait sans la regarder.

Sur la console une statuette en porcelaine blanche la fascinait : le buste raide d'une femme style arts-déco aux épaules carrées, aux plis du corsage géométriques, au port de tête altier... La voix maternelle fusait-elle de cette matière inerte ? Marie-Agnès n'entendit plus que des bribes du monologue : « La pension que m'a laissée mon père en héritage en plus de la maison... » Des propos plombés du devoir de reconnaissance. La jeune fille n'y prêta plus attention, mais son cœur ne cessait de se dilater, de cogner beaucoup trop fort. Allumer une mèche pour faire exploser la maison. L'exaspération montait. Sur un ton de fausse pitié la voix amère rappelait le piètre salaire d'un professeur de l'école libre. Marie-Agnès ne discerna pas le moment où la conversation prit un virage. Soudain, elle douta de ce qu'elle entendit. Elle suffoqua en reconnaissant la méthode enveloppante de toujours. Des bouffées de haine la mirent en nage. C'était le moment de provoquer une scène, de grands éclats. Mais un bâillon invisible, des chaînes l'en empêchèrent. Pourquoi cette peur devant l'autorité ? Cette maudite peur aussi ancienne que sa mémoire. Ses yeux quittèrent la statuette, étudièrent le mobilier jusqu'au tablier métallique de la cheminée où l'on ne faisait jamais de flambée, mais les mots l'atteignaient :

— A ton âge, j'étais déjà mariée depuis plus d'un an.

— Et tu avais même déjà une petite fille que tu aurais voulu n'avoir jamais mise au monde...

Des banderilles, sans plus. La crainte de provoquer l'esclandre tant désiré, l'appréhension peut-être d'en savoir plus sur son histoire, sur celle de ses parents, la retenaient. Elle jeta deux ou trois jugements méprisants sur leur couple, mais n'osa rien sur le mystère qui enveloppait sa prime enfance. La vérité qu'elle était allé chercher à Buc était là, à portée de mots. Non du cœur. C'était pourtant le moment ou jamais de questionner. Avec un peu d'adresse, avec du culot, elle pouvait profiter de cet entretien pour savoir enfin ce qui s'était passé, de quoi elle avait été punie toute son existence. Un poids l'écrasait. Marie-Agnès voulait savoir, et redoutait d'apprendre quoi que ce fût. Du reste, sa mère dirait-elle jamais la vérité ? Il était presque tangible, le mur qui les séparait. Elle se réfugia dans son mutisme. Élisabeth retrouva un peu de sa superbe, de son assurance.

— N'aurais-tu pas rencontré un bon parti parmi tes amis étudiants ?

Marie-Agnès sursauta. Dans l'expression « un bon parti », il y a négation de tout sentiment. Elle se mit à crier.

— Je ne cherche pas à me caser, moi ! Je veux aimer !

Le verbe « aimer » dans la bouche de sa fille, son coup d'œil sur leur vie de couple provoquèrent des palpitations incohérentes chez Élisabeth. De nouveau Victor semblait être dans la pièce. Ne lui avait-il pas adressé les mêmes reproches en des termes plus courtois ?

— Je veux vivre, tu entends ? hurla soudain Marie-Agnès. Je veux rencontrer des gens intéressants ! Tu ne sais pas ce que veut dire « aimer », toi ! Même ta fille, tu n'as pas couru le risque de l'aimer.

En se frappant la poitrine, elle ajouta :

— Tu n'as jamais accepté de souffrir pour moi et par moi !

Une gifle l'interrompit.

Debout, Élisabeth, bouche pincée, regard aigu et froid, ressemblait à un juge.

Marie-Agnès se rua vers la porte, se retourna sur le seuil, s'empara de la statuette et la fracassa aux pieds de sa mère.

Élisabeth n'avait jamais regardé Marie-Agnès comme une femme. La séduction de sa fille venait de s'imposer en pleine violence. Au moment où elle s'était retournée pour attraper la statuette, le mouvement avait mis en valeur la poitrine haute et la taille cintrée. Le balancement de la jupe sur les mollets lui avait donné une grâce singulière. Il y avait eu aussi une expression nouvelle dans le visage en colère, ajoutée à cette assurance dans les prunelles agrandies par la fureur. Ce fut saisissant, vertigineux, intolérable. Élisabeth ne connaissait pas cette demoiselle. Marie-Agnès deviendrait belle.

Elle n'avait jamais envisagé deux femmes dans sa maison.

15

En février, l'Europe entière avait été prise par le gel. Une calamité spectaculaire et magnifique par sa démesure, mais terrible pour les populations prises au dépourvu, meurtrière pour beaucoup de vagabonds. Ce fut une aubaine pour Marie-Agnès. Elle resterait dans la chambre de bonne de son amie Anne, rue de Vaugirard. Cette chambre surplombait une terrasse envahie de chèvrefeuille et donnait sur les cours et les toits du sixième arrondissement. Elle y avait eu des habitudes pendant les jours difficiles de l'affaire Rosenberg. Mais elle n'y passa pas une nuit en ces temps de grand froid. Elle avait pris pension dans l'hôtel de Victor Louzelergue. Il avait choisi le quartier du parc Montsouris proche des distractions de la ville et de la sortie sud de Paris qui mène à l'aérodrome de Brétigny-sur-Orge. Plus tard, quand il aurait terminé sa formation de pilote d'essai et quand son divorce serait prononcé, il envisagerait de s'installer.

Ce phénoménal dérèglement de la météo favorisa la jeune fille. Elle passa deux semaines livrée à elle-même. « Un pas de plus vers la liberté », se rengorgeait-elle. Plus elle allait à l'encontre de ses interdits, de ses routines, les bravant et les brisant, plus la notion d'étouffement, de petitesse, en un mot, d'emprisonnement, pour définir sa jeunesse, s'imposait à elle. Elle considérait son enfance avec un effroi grandissant, une sorte d'horreur. La vie avait une dette envers elle, une interminable addition chaque jour plus fournie. Ses joies simples avec Victor lui soulignaient qu'on l'avait privée de trop de plaisirs pour des raisons inexplicables. Des souffrances se réveillaient comme après une anesthésie à mesure qu'elle découvrait le bien-être. Son réflexe d'obéissance à la voix maternelle lui fut une honte : le signe extérieur d'un manque de caractère. Un chagrin doublé d'une rage revancharde la submergeait parfois, pour un mot, une intonation, un geste qui la tenaient tout entière en éveil. Elle apprenait une manière de vivre où la peur n'avait pas sa place au moment des choix, des décisions. C'était une révélation, elle se découvrait infirme et n'envisageait pas d'autre remède que cette course vers ce qu'elle appelait « la liberté ».

Elle ne vivait pleinement cette liberté qu'à l'aérodrome de Buc.

Victor y allait pour faire de la mécanique ou du rentoilage avec ses amis sur leurs vieux avions, et il l'emmenait. Engoncée dans une cotte de travail usagée, elle s'asseyait sur une pile de vieux pneus devant l'établi, ou bien s'accroupissait près du bac plein de décapant. Elle ne voyait pas passer les heures parmi ces hommes de l'air.

Un bonheur l'habitait lorsque ses mains protégées par de gros gants en caoutchouc plongeaient un morceau de ferraille ou une plaque de tôle dans le liquide glauque et visqueux, puis le frottaient à la fine brosse pour enlever les loques de l'ancienne peinture comme une vieille peau. Ses gestes, ici, étaient utiles, avaient un sens. Elle partageait avec Victor quelque chose qui touchait à son métier, à sa passion. Elle s'imprégnait de la vie du hangar et du terrain, du langage presque exotique et toujours rude de ces hommes peu ordinaires.

Ils avaient en commun une dimension que Marie-Agnès n'avait rencontrée nulle part et qui l'éblouissait : ils avaient l'art de porter le plus naturellement du monde l'immensité du ciel sur leurs épaules et de l'engouffrer au fond de leurs yeux. Elle découvrait à leur contact l'envergure singulière que donne l'amour du métier. Envergure qui inspire le respect. Elle n'avait jamais su reconnaître cette passion chez son père, même quand ses doigts voletaient sur les claviers de l'orgue, ses pieds dansant sous lui sur des touches en bois, son corps entier offert à la musique. Le silence de son père dans un lieu sacré l'impressionnait mais n'invitait pas au partage. Sur le terrain, aviateurs et mécanos aimaient d'une même passion la machine. Ils se consultaient, s'entraidaient, échangeaient des outils, comparaient des pièces de moteur, cherchaient ensemble la panne. Ils semblaient venir d'une autre patrie aux coutumes différentes, au langage particulier. Une patrie où l'on adorait le même dieu volant sorti de l'imaginaire, puis des mains de l'homme, et qui la faisait rêver à son tour.

Jamais encore un homme au volant d'une voiture de luxe aux chromes bien briqués ne l'avait séduite, ni particulièrement intéressée. Il ne restait à ses yeux qu'un homme comme les autres avec juste un volant laqué entre les mains et des enjoliveurs étincelants autour de la carrosserie. Tandis qu'un aviateur, quoi qu'il fît, et quels que fussent son caractère et sa présentation, était un être à qui elle voyait toujours des ailes même dans les rues de la ville. Il connaissait le monde d'en haut. L'aviateur transportait avec lui en tout lieu des dimensions qu'ignorait le tout-venant.

Le destin l'avait bien guidée en octobre dernier. A respirer l'air qu'ils respiraient, et à porter comme eux une cotte de mécanicien, elle croyait emplir son esprit de grandeurs ineffables, et faire sa place dans leur patrie qu'elle avait aimée dès le premier jour.

Mais le germe existait en elle depuis longtemps, sinon toujours.

Elle séjournait chaque été chez sa grand-mère en Normandie. Pour aller à la mer, on ralentissait le pas dans la côte du Roi-fou, à hauteur du garage de M. Laurent. La petite fille attendait ce moment avec des palpitations qu'elle dissimulait. Le cimetière de vieilles carrosseries enchevêtrées et vomissant des banquettes éventrées, des pédaliers, des manettes et des volants, perdant des portières et des capots, des roues et des châssis, ce cimetière que l'on abordait dès la sortie du virage la fascinait. Elle éprouvait des envies d'y rôder pour voir, fouiller, découvrir elle ne savait trop quoi d'excitant et d'effrayant à la fois.

On arrivait ensuite devant le garage lui-même. Là, on prenait le temps de souffler un peu, et l'enfant se laissait aller à une curiosité inavouable. Elle guignait du côté du grand bâtiment en parpaings gris dont les portes coulissantes étaient largement ouvertes : la clinique des automobiles malades. Il s'y passait des choses encore plus troublantes que dans l'amoncellement des vieilles carcasses. Des automobiles sans capot exhibaient leurs entrailles et les livraient aux mécaniciens. D'autres étaient surélevées au-dessus d'une fosse, roues dans le vide, écartées sous une jupe en tôle. Des hommes aux mains noires et au bleu de travail maculé enfonçaient leurs doigts avec une attention extrême dans leurs profondeurs. La petite rougissait mais ne pouvait détourner le regard. Une voix intérieure lui soufflait de ne pas montrer ses palpitations. Pourtant, des messieurs et des dames convenables, clients de ce garage, entraient et sortaient sans la moindre gêne. Pourquoi donc croyait-elle commettre un péché en s'y attardant, les sens affolés ? Elle savait qu'elle ne faisait rien de mal, mais se délectait du spectacle avec un plaisir suspect. Elle évitait le regard de sa grand-mère en abordant la côte du Roi-fou.

Un jour, sa mère les avait accompagnées. Les trois femmes avaient pris la route de la mer. Marie-Agnès, comme d'habitude, avait attendu ce moment précis de la promenade. Ce jour-là, et sans qu'elle pût le prévoir, des mots s'étaient échappés de sa bouche tandis qu'elle regardait un homme allongé à mi-corps sous une carrosserie noire. Ne dépassaient que ses jambes dont les mouvements traduisaient ses efforts pour assembler des pièces : « J'aimerais bien être la voiture... », avait murmuré la fillette, et un rapide revers de la main l'avait muselée, incrustant le dessin de la bague maternelle sur sa joue. Alors elle avait su définitivement qu'il y avait quelque chose de coupable à regarder les mécaniciens monter ou démonter un moteur et surtout à en éprouver une certaine jouissance.

Ce souvenir lui était revenu dès sa première visite à l'aérodrome de Buc. Elle avait eu beaucoup de plaisir à voir Victor enfiler une cotte de mécano pour enfoncer ses mains dans le moteur d'un avion, après leurs inoubliables minutes de voltige. Elle était restée près de lui, avec un émoi profond qu'elle avait reconnu.

Depuis, quand elle franchissait les barrières de l'aérodrome, elle croyait avancer un peu plus vers sa liberté. Après chacune de ses journées sur place, elle avait eu le temps d'oublier son existence atrophiée. Elle quittait les lieux à la tombée du jour dans la traction de Victor, apaisée et forte du sentiment de s'être réunifiée.

Mais la vague de froid de ce mois de février 1954 engourdissait les doigts sur les boulons, gelait les huiles dans les bidons. On ne tenait plus dans les hangars qu'en tapant du pied sans cesse et en soufflant au creux des mains. Le terrain était déserté, surface lunaire prise par le givre. Quelques rares obstinés montaient sur le plateau. Ils venaient assister à un désastre, rassemblés près du bar, une boisson chaude à la main. Sans fin ils commentaient le dérèglement météorologique qui les rendait orphelins de leurs boîtes à outils, de leur mécanique. Une seule fois depuis le début du gel, Victor et Marie-Agnès y étaient allés, pour voir eux aussi les effets de cette surprenante saison sur l'aérodrome de Buc, et, comme tout le monde, ils avaient passé des heures au bar. Les conversations sur les bielles, les pompes à eau et pompes à huile, sur les trains rentrants et roulettes de queue, sur les vilebrequins, ou pales d'hélice, tout cela d'un ton passionné et jaloux, entrecoupé de rires rocailleux d'hommes à la vie rude, avait transporté la jeune fille de joie. Elle n'aurait jamais imaginé que des boulons et de la ferraille pussent donner tant de

fièvre et d'intensité à un débat. Avec ses amis de la
Sorbonne, on levait le ton pour échanger des idées,
ce qu'elle se mit à dédaigner.

Victor, qu'elle avait cru homme de salon au premier contact, ne se démarquait pas beaucoup de
ses camarades. Mais dans sa cotte de travail, son
élégance naturelle ne le quittait pas. Il parlait
cependant la langue des mécanos, réagissait à leurs
propos, le visage mobile et passionné, comme eux.
Elle était envoûtée.

16

Attablés à la Closerie des Lilas, Victor et Marie-Agnès commentaient la circulation ralentie et prudente. Voitures et autobus semblaient glisser sur le boulevard aux éclairages blafards. Les passants se faisaient rares, furtifs dans le froid.

— La démesure est belle même quand elle est effroyable, commenta Victor.

— Pourquoi dis-tu ça ?

— Tu es au chaud, tandis que des nécessiteux, en ce moment... Mais je pensais à autre chose... Il m'est arrivé de sortir des abris pour regarder la guerre, les explosions, le feu, toute cette démesure. Je prenais le risque d'être soufflé par un obus. Le spectacle me fascinait malgré moi. On s'oublie totalement devant certaines démesures.

— Comment oublier les cavalcades dans l'escalier de la cave ! Non merci, la guerre.

Chacun poursuivait son idée. Pendant qu'elle se remémorait les descentes précipitées au sous-sol, il racontait sa longue station sur un pont, l'autre jour. Une barque de rien du tout était prise dans les glaces. Il restait là, comme un gosse, et attendait que la coque cédât. Cela avait duré un bon moment, il s'était oublié.

— Je suis sûr que des accidents d'avion inexpliqués sont dus à ce genre de fascination à laquelle le pilote n'a pas su résister.

— Quel rapport entre ton pilote et la barque prise par les glaces ?

— Je subissais une fascination pour ce phénomène sournoisement destructeur. Je le guettais. Imagine qu'aux commandes d'un avion je pique sur un objectif : une toiture, par exemple.

Victor expliqua la griserie que procure la vitesse quand le paysage se rapproche à toute allure. Il faut rester maître du plaisir. Le toit est d'abord un point, puis ses détails apparaissent, grandissent, montent vers l'avion parmis des milliers d'autres détails. Le pilote a l'impression de répondre à un appel, alors qu'il satisfait sa curiosité en piquant dessus. Il s'oublie complètement, découvre des nouveautés. Le temps se compte en millièmes de seconde. S'il se laisse prendre par la fascination, il ne surveille plus ses instruments, ne se possède plus. Il continue à piquer sur le toit dont les détails se multiplient et l'accaparent : la cheminée, une lucarne, une girouette, du lierre, le jeu des tuiles ou des ardoises. Il ne doit plus attendre pour se ressaisir. Emporté par sa vitesse, il aura beau redresser, il ira à la mort. On apprend aux pilotes à ne pas céder à la fascination par une discipline d'acier, mais qui n'a pas fanfaronné pour se croire un dieu ?

Victor ricana et fit un geste de la main pour changer de sujet. Il parlait rarement de son métier.

— La fascination, il faut la garder pour les femmes quand on est à terre.

L'œil pétillant, il demanda :

— Que serais-tu capable de faire, toi, pour me fasciner, Poupée ?

— Si tu ne m'appelles plus jamais Poupée, je t'offre un festival.

— Voilà qu'elle parle comme sa mère !

— Ah, tais-toi !

— Prends le menu et fais ton choix, voilà le garçon.

Il y avait encore peu de temps, Marie-Agnès avait la vue brouillée devant un menu, l'esprit complètement vide. Elle ne savait pas ce qu'elle désirait, ou n'osait pas le dire, ou encore, était intimidée par sa propre voix énonçant des plats. Elle n'arrivait pas à choisir, ignorait le langage imagé des gastronomes. Une autre volonté lui avait toujours dicté ce qui était bon pour elle, ce qui ne l'était pas. Victor lui avait composé ses premiers menus, l'avait questionnée sur ses goûts qu'elle ignorait, lui avait imposé des innovations. Jamais elle n'aurait envisagé de manger du poisson cru mariné dans une petite sauce à l'huile et au citron, et de l'apprécier. Sa langue ni son palais n'avaient été exercés à discerner les saveurs délicates des mets et des vins, à distinguer les différentes consistances des chairs. Elle ignorait la finesse culinaire et les plaisirs du goût. Victor l'avait initiée.

Elle savait pousser la porte d'un restaurant à présent sans tasser la tête dans ses épaules, regard baissé. Elle arrivait à parler au maître d'hôtel sans bafouiller des mots inaudibles, et boire autre chose que du Coca-Cola. A la maison seulement, elle redevenait sotte sous le regard de sa mère et cherchait toujours à la braver sans oser le faire vraiment. Devant ses parents, elle glissait des sous-entendus sur les plats fins pour évoquer ses déjeuners au restaurant, mais on ne relevait pas. La jeune fille se sentait minable, faible. Elle était incapable d'imaginer qu'Élisabeth cachait sa panique sous une apparente indifférence.

On apporta les apéritifs et les amants trinquèrent.

— Quel programme vas-tu me proposer pour essayer de me fasciner ?

Le regard subitement immobile et intense de Marie-Agnès arrêta la main de Victor, coupe de champagne en l'air. Ses yeux couleur de noisette qu'elle avait appris à souligner d'un mince trait sombre, à la base des cils, étaient brillants comme s'ils retenaient des larmes. On y voyait danser la flamme d'une joie perverse. Elle fixait intensément la balafre qui ébréchait l'arcade sourcilière. Comment oublier les dangers, les aventures, les risques, la vie aux quatre coins du monde, quand le regard heurtait l'empreinte de l'accident sur ce visage ? Une excitation monta en elle. Ce soir, elle oserait. Ce soir, elle étonnerait Victor, le provoquerait, l'étourdirait pour s'étourdir avec lui. Devant les yeux rieurs du pilote au fond desquels on devinait une attente, elle nourrissait son désir, mais aussi dans la contemplation de ses lèvres gourmandes, charnues.

Ni l'un ni l'autre ne baissaient le regard. On eût dit qu'ils s'hypnotisaient mutuellement, sourds et aveugles soudain à tout ce qui se passait autour d'eux. Elle mûrissait son audace. Il la devina au bord d'une improvisation hardie, posa sa coupe et l'encouragea sans un mot. Marie-Agnès ne sentit plus ses mains passer à l'acte. Seuls existaient pour elle, à cette seconde précise, son cœur exalté et les yeux de Victor pleins de désir.

Elle secoua à peine les épaules, fit glisser son châle, dégraffa la pression de son col. Ses doigts ensuite descendirent d'un cran, puis d'un autre et déboutonnèrent lentement, avec une grâce que son trac rendait plus touchante encore, la totalité de ses boutons. Alors, en redressant fièrement la tête pour s'obliger à accomplir son geste jusqu'au bout, elle écarta les deux pans de soie de son corsage et montra sa poitrine nue, blanche et bien ronde. Le buste droit, elle garda la posture, yeux écarquillés, pour ne voir que lui, et ignorer les tables voisines où les conversations avaient cessé. Des larmes coulèrent comme si elle fixait le soleil depuis trop longtemps, mais elle souriait. Un rire tremblant sortit de sa gorge en petite cascade. Un rire qui avouait sa peur autant que sa joie d'en triompher.

Elle relevait le défi de Victor.

Les bruits du restaurant qui avaient d'abord semblé lointains se mirent à s'amplifier dans son être immobile et frissonnant.

Victor fut soulevé de sa chaise par une émotion formidable et vint s'agenouiller près d'elle. Avant de refermer lui-même le corsage, il déposa un baiser sur un sein. Ni l'un ni l'autre n'avaient vu le garçon arriver avec les assiettes de hors-d'œuvre et faire demi-tour, l'air scandalisé.

Lorsque le maître d'hôtel se présenta, sévère, Marie-Agnès ajustait son châle sur ses épaules. Le silence était total aux tables voisines. Victor ne lui laissa pas le temps de dire quoi que ce fût.

— Encore deux coupes de champagne, lança-t-il.

La jeune fille, grisée, le souffle court, jeta un coup d'œil circulaire de vainqueur comme si elle venait de scier un barreau de plus à cette invisible prison dont elle ne cessait de s'évader.

17

Ils quittèrent la Closerie des Lilas dans un taxi à strapontins. Ce genre de voiture spacieuse est d'autant plus confortable que les trois strapontins à l'arrière sont repliés. Le chauffeur, un homme à grosse moustache, séparé des passagers par une vitre coulissante, avait un faux air de cosaque avec sa fourrure aux couleurs fauves.

Marie-Agnès pensait à sa mère avec un sentiment de supériorité délectable. Son instinct lui disait que cette femme ignorait tout sur le doux laisser-aller qui mène au plaisir dans les bras d'un homme. Elle se permettait d'entrevoir à présent quelques pans de la personnalité de ses parents, et se représentait plus nettement leur désert affectif.

Ce soir-là, elle possédait des forces exceptionnelles et voulut entendre encore des compliments.

Elle se gaussa de la dame patronnesse.

— Tais-toi, sale gamine ! coupa Victor tout en faufilant sa main dans le corsage, je n'aime pas que tu en parles comme ça.

— Parce qu'elle est irréprochable et que je devrais prendre modèle sur elle ?

— Heureusement pour moi, tu n'as pas pris modèle sur elle, ricana-t-il.

Lui aussi devait prendre sa mère pour une sainte. Qui la soupçonnerait d'un larcin ? Marie-Agnès le savait : chaque fois qu'Élisabeth Bauvy s'occupait du vestiaire des pauvres de la paroisse, elle gardait pour elle les vêtements les plus neufs et les revendait ensuite. Ni vu ni connu. Quand elle faisait le tour des boutiques de Versailles pour obtenir gracieusement des lots destinés à la kermesse annuelle, elle gardait les plus belles pièces. Qu'on l'admire, oui ! mais pas pour sa charité. Plutôt pour son sens de la tromperie. Ce n'était plus supportable de voir le monde se méprendre sur cette femme qu'on lui donnait sans cesse en exemple. Victor ne devait plus rien ignorer. Elle mit en pièces l'auréole de sainte Élisabeth Bauvy entre Montparnasse et la place Denfert. Victor était secoué de rire, mais il l'interrompit. Ni froide ni insensible, Élisabeth contrôlait seulement ses émotions pour ne pas sombrer. Elle respectait ses engagements de jeunesse. Mais sa nature était bouillonnante. Le jour où elle se laissera aller dans les bras d'un amant, ce sera un volcan, toute sa vie changera.

— A quarante ans ? Il fallait y penser avant. Place aux jeunes ! claironna la voix insolente.

Le taxi roulait à petite vitesse sur les pavés de la chaussée boueuse de neige fondue et de gros sel. Les phares balayaient cette gadoue noirâtre qui giclait sous les roues. Marie-Agnès, allongée sur la banquette arrière, la tête sur les genoux de son amant, entendait ces chuintements comme un bruit trompeur de bord de mer.

— Dites donc, petite peste, marmonna Victor entre ses dents tout en lui pinçant le téton, il n'y a pas d'âge pour aimer, savez-vous ?

Marie-Agnès reçut ce rappel comme un reproche. Elle scruta le clair-obscur du taxi à la recherche des yeux de Victor pour mesurer sa sincérité, et reçut de lui, jusqu'au tréfonds, une force indéfinissable, une conviction qui la tinrent coite.

— Tu ne peux pas savoir, toi, dit-il, qu'une poitrine alourdie par la maternité peut être extrêmement émouvante. Tu es trop jeune encore pour comprendre qu'un corps qui a vécu, souffert, aimé, est plein de vie et attendrissant...

— Justement, ce que je lui reproche, moi, c'est de n'avoir pas vécu, pas aimé. Ça se voit, non ? Qu'elle a préféré les attitudes convenues et les phrases toutes faites !

La jeune fille formulait exactement les reproches que Victor avait parfois exprimés à Élisabeth. Il ne supportait pas qu'une femme à laquelle il était profondément attachée puisse passer une vie entière à côté de l'amour. L'amour et ses tourments, ses enthousiasmes, ses peurs, ses beautés, ses transports, ses langueurs, ses blessures, ses illusions et ses désillusions. L'amour qui nous pousse aux actes les plus imprévisibles. Sapristi, il fallait le vivre, ça, avant de s'en aller à sa dernière demeure ! « Avec moi ou avec un autre si vous préférez ! Mais vivez-le, Élisabeth ! » lui avait-il dit.

Il sourit à la jeune fille et l'embrassa.

— Tu ne supporterais pas de considérer ta mère comme une femme désirable qui frémirait dans les bras d'un amant. Avoue !

— Tu vois ! Tu en parles au conditionnel ! Tu le sais donc qu'elle n'a jamais couru le risque d'aimer !

— Et toi, veux-tu me dire qui tu aimes, à part toi ?

Marie-Agnès n'avait jamais douté que sa douleur d'exister ne fût une preuve de son amour offert et perpétuellement bafoué. L'observation de Victor la

priva subitement de toute pensée, de tout sentiment. Elle venait de la précipiter dans le vide. Seul
son regard parvenait à s'accrocher à ce qu'il y avait
de vivant au fond des yeux de Victor. Il lui souriait
avec une tendresse teintée d'ironie.

Son amour pour sa mère s'était mué avec le
temps en une haine épaisse, opaque. La haine n'est
pas un sentiment spontané, mais un aboutissement. Ses origines remontent à des temps reculés
où un cœur offert et que l'on a humilié, trompé,
d'année en année, a finalement dévié ses forces
aimantes. La haine, génie maléfique, les rejette, un
jour, dévastatrice.

Victor ne soupçonnait qu'une partie des souffrances de la jeune fille. Penché sur elle, il songeait
à leurs destins noués depuis longtemps.

Il ne put se soustraire à une nostalgie. Il avait
beau avoir étreint les plus belles femmes, il avait
beau avoir crevé mille fois le ciel aux commandes
d'avions de chasse, il n'avait jamais pu se défaire du
mystérieux attachement qui le liait à Élisabeth
Bauvy, son aînée de huit ans, ni de l'attrait pour
son austère personne. Nul ne la connaissait aussi
bien que lui, nul n'avait su entrer aussi naturellement que lui dans sa vie privée, ses silences. Il devinait les désirs refoulés de sa chair.

Cela s'était fait tout simplement, il n'y avait pas
si longtemps, et pourtant c'était dans son enfance à
lui. Lorsqu'il avait une douzaine d'années...

... La lumière tamisée par les doubles rideaux
donnait un air de douce intimité à cette grande
chambre. A peine entré, il n'avait vu que le lit où la
jeune femme aux cheveux dorés était assise,
radieuse, contre deux gros oreillers aux dentelles

raffinées, son poupon somnolant contre son cœur. Elle avait gentiment accueilli les deux garçons, et leur avait permis de prendre la petite avec précaution, au-dessus du lit par prudence. Mais Victor avait eu si peur de la casser ou de la laisser tomber qu'il avait reculé. On avait remis le bébé dans son berceau, et il s'était penché sur lui avec la curiosité et l'inquiétude qu'éveillent souvent les nouveau-nés chez les enfants.

Hubert, rapidement ennuyé, ou peut-être gêné par cette visite, s'était approché de la fenêtre et commentait à mi-voix les dégâts de l'orage, tandis que Victor demeurait debout près de la jeune maman, ébloui. La chemise de nuit légère sur la poitrine gonflée de lait, les nattes à peine tressées et brillantes glissaient jusqu'aux flancs. Ce tableau de la femme au regard attentif remuait au fond de lui des émotions imprévues. Elle avait eu une manière de lui parler, de le questionner sur ses activités et sa vie qui lui avait laissé l'impression de compter pour une femme. Seul son oncle Paul, jusqu'à présent, lui avait donné ce sentiment.

Une femme, jamais.

Encore moins sa mère, cette grande dame, aux ongles rouges, et coiffée de chapeaux extravagants, qui lui rendait de rares visites à la Colombière. Elle venait flanquée de son fils aîné, un garçon mou qu'elle surveillait avec une sollicitude outrée et insultante pour son deuxième fils, le bâtard.

La gentillesse de Mme Chevalier, la mère d'Hubert, n'avait pas ému Victor de la même façon qu'Élisabeth Bauvy. Victor la soupçonnait de le recevoir chez elle surtout pour faire plaisir à son Hubert qui réclamait un compagnon de jeux. Mais pas seulement. Il la croyait mue par l'espèce de pitié qu'inspirent souvent les enfants marginaux. Le jour où les deux garçons étaient montés chez les voisins Bauvy, dans la chambre où un bébé venait de naître, Victor avait reçu de plein fouet l'émotion inconnue que pouvait irradier une jeune femme dans le bonheur. Il avait contemplé le cou, les bras blancs, saisi par des sentiments équivoques et délicieux. L'envie de glisser sa main entre la peau et la fine dentelle était devenue envahissante, puis brusquement trop précise, intense. Il avait dévié son regard.

Il y avait vingt et un ans de cela. Il n'avait pas osé prendre la petite dans ses bras. La vie réservait de ces retours de situation, tout de même... l'aimait-il ? Depuis ce jour lointain, il croyait avoir un certain droit sur elle. Par chance, elle se révélait attachante dans sa quête éperdue, son urgence de grandir, de vivre. De temps en temps, il saisissait une expression fugitive sur son visage qui rappelait Élisabeth. Cela se situait dans une manière de contracter la bouche lorsqu'elle se rembrunissait, ou de redresser la tête, de toiser l'interlocuteur. Mais elle trahissait ses faiblesses par un regard coulissant, inquiet, qui n'allait pas avec ses bravades. La forme des yeux de son père, mais les expressions de sa mère. Curieux mélange...

Depuis qu'il l'avait revue recroquevillée contre le secrétaire du salon, en octobre dernier, il avait envie de la protéger, de la pousser dans sa révolte. Ce n'était pas désagréable d'œuvrer contre la volonté d'Élisabeth. Elle s'était beaucoup endurcie en quelques années avec ses certitudes devenues des dogmes. Il jubilait à l'idée de les faire exploser. Une bonne cassure vous rendait souvent les êtres plus humains, plus accessibles, plus vibrants. Déçu d'avoir retrouvé Élisabeth dans l'étroitesse de sa vie, il était prêt à la perdre depuis son retour d'Indochine.

Victor embrassa Marie-Agnès, en lui pétrissant les seins. Il faufila sa main sous les étoffes et la ceinture.

Dans le silence bercé par les bruits de la mer qu'imitaient les roues du taxi sur la boue, la jeune fille commença à onduler. Le couple ne se sépara point lorsque la voiture s'arrêta le long du trottoir. Un crissement se fit entendre. La vitre de séparation entre le chauffeur et les passagers glissait difficilement sur son rail. Un accent du terroir tomba sur eux :

— On peut vous aider ?

Victor, éclairé par un réverbère, interrogea du regard la jeune fille alanguie. Elle opina de la tête, les yeux brillants. Alors, le taxi redémarra. Il s'enfonça dans le fond d'une impasse bordée de maisons particulières. Le quartier paraissait endormi.

Une frayeur exaltante s'empara de Marie-Agnès quand elle entendit le mouvement des portières. L'inconnu exhalait une forte odeur de tabac et de café. Instinctivement, elle se recroquevilla sur la banquette, épouvantée d'avoir accédé à un désir profond et inavouable, nicha sa tête contre le ventre de Victor en s'accrochant à lui. Son regard s'empara dans la pénombre du visage de son amant pour ne plus le quitter quoi qu'il advînt. Elle craignait d'y découvrir un désaveu, une réprobation, une honte. Mais il lui souriait avec cette lueur de désir que la cassure du front rendait excitante.

Il accueillit le nouveau venu comme s'il l'avait toujours connu, et, aussitôt, lui présenta un sein dénudé. Marie-Agnès attendait des instructions, des encouragements, des ordres, le cœur affolé. La cicatrice de Victor, quel adorable point de repère ! C'était son amie, son bien. Marie-Agnès n'était plus

101

que sensations subtiles et aiguës. Avec une acuité inouïe, elle devinait les gestes de l'intrus. L'air était devenu moite. A chaque inspiration elle croyait avaler de la poussière de café et fumer un mauvais tabac. La pensée que ce fauve à forme humaine la regardât avec concupiscence, et pût seulement poser la main sur elle déclencha une angoisse épaisse qui donnait des envies de crier. Pourtant, comme jadis, enfant, elle ne voulait pas interrompre la lecture, bien qu'effrayée par les histoires de loup, elle ne souhaita pas que l'expérience s'arrêtât. Mais une terreur animale de commencement du monde l'assaillit. « Pourvu que Victor ne descende pas du taxi maintenant », songea-t-elle...

A ce moment, elle sentit une poigne lui saisir une cheville et poussa un cri. Victor l'étouffa d'une main en relevant de l'autre sa jupe ample. Pour échapper aux monstres que développait son imagination, elle plongea entièrement son esprit dans l'eau verte du regard de Victor et y surprit les mouvances du désir, l'émerveillement du plaisir. Elle devina des appels, des exigences, toute une montée de fièvre. C'était exaltant d'être l'objet d'une telle convoitise. Pour satisfaire à son attente, elle aida les mains qui la dépouillaient de sa lingerie, puis s'ouvrit en suffoquant. Tant de curiosité impatiente que de frayeur. Alors, des doigts étrangers la visitèrent. Quand bientôt elle fut secouée de spasmes sous la caresse d'une langue goulue, elle vit dans les yeux de Victor que cela était magnifique et furieusement troublant. Des soubresauts désordonnés l'agitèrent, des gémissements lui échappèrent. Elle eut soif et détacha avec impatience la ceinture de son amant. Bientôt elle les reçut tous deux dans des convulsions indescriptibles au fond desquelles elle crut frôler la mort.

18

Le lendemain matin, le besoin d'aller narguer sa mère la poussa dans son train de banlieue. La laisser deviner qu'elle était devenue une autre, même si ce n'était pas visible et contempler les ignorances de la dame catéchiste. Mesurer l'impalpable et grisante différence entre elles deux qui donnait un sentiment de supériorité...

Le grincement du portillon métallique du jardin l'émut comme un signe de connivence après un très long voyage. Mais, encore engourdis après tant de froidure, les massifs ne l'accueillirent point, ils griffaient le ciel blafard de leurs noirs branchages. Elle les aurait voulus en fête, lourds de toutes leurs fleurs balancées par un vent tiède, pour saluer l'audacieuse qu'elle devenait de jour en jour. Transie, malgré sa longue marche depuis la gare, elle se hâta d'entrer.

L'atmosphère convenablement chauffée, dans l'immuable décor de toute sa vie, l'enveloppa et elle fut étonnée de trouver cela doux comme des bras se refermant sur elle. Elle jeta un coup d'œil à travers la double porte vitrée du salon, aperçut sa mère à sa table de travail. « On dirait qu'elle a vieilli », se dit-elle. Elle eut un regard protecteur

que l'on réserve aux personnes âgées et vulné-
rables. Les paroles de Victor sur la séduction des
femmes de quarante ans lui semblèrent incon-
grues. La coiffure à la Simone de Beauvoir accen-
tuait son air dur et altier, et les vêtements stricts,
hors de toute mode, ne donnaient aucune vie à sa
silhouette. Une imprévisible compassion la submer-
gea, comme peut en éprouver le vainqueur sur le
vaincu après un combat.

Marie-Agnès fut prise par un des élans qui
l'avaient souvent poussée vers sa mère au long de
sa jeunesse. Mais elle avait appris à se contenir. Ce
fut savoureux d'aller la saluer en pensant qu'un
monde dont on ne parlait jamais à la maison
comme s'il n'existait pas, le monde de l'amour, les
séparait sans qu'il y paraisse rien.

Élisabeth considéra sa fille avec une attention
particulière, ainsi qu'à chacun de ses retours désormais. « Qu'y a-t-il de nouveau, cette semaine ? Qui
est-elle en train de devenir ? » Elle la détailla avec
autant de méfiance que de curiosité et d'envie, ce
qui n'échappa point à l'insolente et lui fut délicieux. N'être plus transparente enfin ! Elle n'avait
jamais imaginé que cela pût être si bon et ne se lassait pas du regard bleu-gris, plein d'interrogations
et d'incertitudes, posé sur elle. En échange, elle
offrait un sourire satisfait, glorieux même, et cela
écrasait presque Élisabeth sur son auguste fauteuil
de bureau, la dépossédait de son autorité.

« Cette aisance... », se dit-elle avec un serrement
de cœur tandis que son enfant se laissait dévorer des
yeux. Que de changements ! Une garde-robe entièrement renouvelée, les cheveux désormais épar-
pillés sur les épaules et retenus en queue de cheval.
Et des bas... « Ma fille porte des bas, maintenant !

Il y a en elle quelque chose que je ne connais pas, que je ne reconnais pas. » Et un sentiment d'infériorité s'infiltra en elle, l'impression d'être passée à côté des choses de la vie... Elle s'efforça de déguiser son désarroi en indifférence. Mais au fond d'elle une morsure entamait ses chairs, la blessait si fort qu'elle se demanda si elle n'allait pas crier, se lever, battre sa fille ou s'effondrer, misérable, en demandant grâce. Il ne fallait pourtant pas lui montrer jusqu'où allait son avantage. C'est ce qui tenait bien droit une Élisabeth au bord du malaise.

— Tu prépares une nouvelle conférence ?

— Oui, répondit Élisabeth.

Qu'importait pour la jeune fille, après tout ! Dumas, Chateaubriand, ou Zola... Sa mère ne lui avait jamais fait partager son goût pour l'histoire des grands destins. Ce qu'elle avait appris, elle avait dû le voler naguère. Son manque d'intérêt aujourd'hui, réel ou feint, frappa Élisabeth, la piqua même au vif. « Avant, elle cherchait à en savoir plus. Elle me chapardait parfois mes textes, elle voulait m'accompagner à mes conférences... »

Transie, Marie-Agnès restait debout, les mains dans les poches, l'esprit un peu engourdi par le manque de sommeil, en même temps qu'excité par le souvenir de ses extravagances. Son regard balaya le salon dans lequel rien n'avait changé depuis des années. La statuette brisée dans un élan de rage, avait été remplacée par un vase vide. Sous le lampadaire qui jetait un cercle de lumière près du fauteuil, il y avait un panier plein de pelotes de laine disparates.

— C'est pour les pauvres de l'abbé Pierre, lança Élisabeth en devançant les questions.

Marie-Agnès ne broncha pas. Seuls ses yeux trahirent son exaspération. Encore un bon père qui savait parler pour que ses paroissiens achètent une place en paradis par quelques bonnes actions. Alors, Élisabeth débita un sermon où il était question de sans-abri morts de froid, d'une collecte de couvertures et de vêtements chauds pour répondre à l'appel de cet abbé Pierre. « Heureusement que nous avons fait livrer du charbon à la fin du mois dernier », soupira-t-elle pour conclure.

Une révolte montait en Marie-Agnès. Sa mère donnait de son temps et d'elle-même pour des causes admirables qui la faisaient passer pour généreuse. Ne devait-on pas gagner son ciel par des œuvres et des sacrifices ? Elle cotisait pour une bonne retraite éternelle.

Victor aussi avait dit : « Toi, tu es au chaud, tandis que des nécessiteux, en ce moment... » Elle pensa à une connivence de plus entre son amant et sa mère. Connivence qui rendait, uniquement parce que Victor paraissait concerné, une certaine noblesse à l'action d'Élisabeth. Elle en fut un peu ébranlée. Enfant, elle se privait de dessert, pour donner avec allégresse ses fruits ou ses parts de gâteaux aux pauvres de M. le curé. Devant les bidonvilles de la lisière de Paris, elle avait connu des nausées, imprégnée de pitié et d'angoisse. En grandissant, elle avait fini par rejeter et nier cette honte. Le spectacle de sa mère sollicitant à droite et à gauche quelques bonnes actions lui était devenu odieux.

L'année de ses seize ans, ses parents avaient décidé de la faire participer au Noël des petits vieux pour lui apprendre la charité.

Dans une grande salle sonore, décorée de guirlandes et de boules de couleur, au milieu de laquelle un sapin déguisé jetait du bout de ses

branches des petits feux rouges et bleus par inter-
mittence un haut-parleur vétuste crachait des
chants de Noël. Autour de la salle, des vieillards
attablés attendaient. Une angoisse avait assailli
Marie-Agnès. Ne sachant que faire, que dire, elle
était restée dans le sillage de sa mère.

Des scouts avaient disposé de grands faitouts sur
l'alignement des tables et les bénévoles s'en étaient
approchés pour servir.

De place en place, louche pleine, Élisabeth
Bauvy s'adressait à chaque vieillard d'une voix trop
aiguë qui se voulait attentive et bienveillante. Le
sourire figé, elle proposait : « Une louche, chère
madame, ou un peu plus ? » Au suivant, elle recom-
mençait : « Une louche, cher monsieur, ou davantage ? » Jacques Bauvy avait pris possession de sa
douzaine de protégés et Marie-Agnès n'arrivait pas
à en faire autant. La voix, le sourire inhabité, tout
cela paraissait dépourvu de l'amour dont la dame
catéchiste professait les mots les plus exemplaires.
Élisabeth Bauvy ne s'adressait pas à la sensibilité de
chaque vieillard, mais à la cause qu'il représentait.
Un affront à tous ces gens au regard humble et
résigné, avait pensé l'adolescente.

Il y avait plus d'aménité chez son père.

Elle n'aurait pas su dire ce qui la heurtait dans
cette scène. Elle se sentait dépourvue, elle aussi,
des sentiments essentiels. Sa présence dans cette
fausse fête n'était qu'une tromperie de plus. Elle
touchait des yeux le dénuement de chacun.
Quelques rares vieillards plaisantaient entre eux et
leurs rires édentés faisaient peur.

Lorsque le curé la sortit de sa torpeur pour
l'envoyer à la table du fond, elle ne fit rien d'autre
que de répéter la phrase de sa mère, en empoi-
gnant la louche débordante de potage. Mais elle

regardait attentivement chacun. Son sourire trahissait une pitié impossible à masquer. Il y avait une telle solitude au fond de toutes ces prunelles délavées par la vie, un tel abandon, qu'elle n'arrivait pas à proposer une louche ou davantage d'un ton léger, gai, généreux et digne de la fête.

Il y avait eu la vieille femme au chignon jaunâtre. « Une louche, chère madame, ou davantage ? » Murée dans son monde intérieur, l'aïeule n'avait pas bougé ni répondu. Son maigre chignon comme de la ficelle nouée sur sa nuque dégageait sur les tempes une peau couleur de cire. Dans ses yeux aux paupières inférieures tombantes et violacées, Marie-Agnès avait vu sourdre les larmes de toute une vie qui n'en finissait pas de durer. Elle avait répété sa phrase un peu plus fort mais avec l'envie de pleurer. A la troisième proposition, le regard sans vie s'était levé enfin vers elle. Une main tremblante et fine aux doigts fanés avait poussé l'assiette vers le faitout et la voix chevrotante avait soufflé « j'm'en fous... » comme on règle une querelle. Les mots, à peine audibles, avaient ressemblé à un cri de désespoir poussé du fin fond de la solitude absolue. Cette louche pleine avait paru plus lourde que les autres et s'était renversée avant d'atteindre l'assiette. Sous prétexte de chercher une éponge, Marie-Agnès s'était enfuie dans la voiture de ses parents, et y avait sangloté jusqu'à leur arrivée.

Jamais plus elle ne « ferait la charité ». Pouvait-on croiser le regard de vieux indigents juste une nuit par an et n'y plus songer le reste de l'année ? C'était d'une cruauté inouïe. Mieux valait s'attacher à un seul, le visiter régulièrement, lui parler, l'écouter, lui faire de menus cadeaux, des petites surprises, l'aimer, en somme, au lieu de venir se donner bonne conscience dans une salle anonyme où l'on ne s'intéressait à aucun, juste une nuit de Noël. Quand ses parents l'avait rejointe, fatigués, mais satisfaits, elle avait fait une crise de nerfs sous leurs réprimandes.

Face au panier de pelotes de laine, elle tenta d'éloigner d'elle la honte et les remords : jamais elle n'était allée vers un vieillard pour l'aider à vivre. L'envie la prit de donner un grand coup de pied dans l'amas de tricots.

— Ne reste pas plantée comme ça ! s'impatienta Élisabeth. Tu n'as même pas ôté ton manteau...

— Je suis encore frigorifiée.

Ces petits bouts de phrases donnaient l'illusion d'une conversation, d'une sorte d'entente. Élisabeth n'y trouva aucune joie. On devinait beaucoup trop l'influence de Victor dans l'aisance de la jeune fille. Elle éprouva une immense pitié pour elle-même.

19

Sa fille lui avait manqué pendant cette période des grands froids. Son regard de chien chargé d'attente sous la frange épaisse, et toujours tourné vers elle, avait fait partie de sa vie, lui était devenu une nécessité. Il l'avait fait exister. Mais il y avait des semaines sinon des mois qu'il ne se posait plus sur elle de la même manière. Il n'avait plus la même intensité, le don total. Elle y décelait à présent une animosité, une rancœur, un défi.

Marie-Agnès bâillait en ce moment de manière insupportable. Victor, encore et toujours, était tapi derrière cette arrogance. Il devenait haïssable. Mais hélas, de plus en plus désirable.

Comment cette enfant insipide avait-elle pu retenir l'attention de l'aviateur ? Plus elle la voyait rayonner d'un mystérieux épanouissement, plus ses silences, à elle, ses silences partagés avec Victor Louzelergue et chargés de sous-entendus au milieu des amis, lui semblèrent dérisoires. Le pilote les trahissait, les piétinait. Des idées de vengeance la hantèrent.

Son époux, avec sa mollesse, ses maladresses, ses gestes onctueux de confesseur, ses manies de sacristain, l'exaspérait. Victor, lui, soulevait sa haine. Il lui gâchait jusqu'à ses parties de bridge.

Il improvisait ses visites chez Hubert et Mimi, sachant les Bauvy et les Chevalier réunis le dimanche. Flanqué de « la petite », il traversait le jardin par la pelouse. A mesure qu'Élisabeth voyait approcher cette silhouette déliée au port de tête glorieux, et à la chevelure coiffée à la diable, ses résistances cédaient. Des désirs indescriptibles montaient jusqu'à sa gorge. Mais dans les pas de l'aviateur, Marie-Agnès ne ressemblait plus à une ombre. En quelques mois, elle avait assoupli sa démarche et redressé son maintien. Ils imposaient leur liaison avec ostentation. Ce qu'irradiait la jeune fille venait de lui et c'était intolérable.

Victor saluait tout le monde, échangeait des plaisanteries, toujours les mêmes, avec son ami Hubert, lançait une moquerie à Jacques, embrassait les deux femmes avec l'enthousiasme de toujours. Il réservait à Élisabeth son « Bonjour, jolie madame » qu'il n'avait jamais donné à aucune autre. Sa cour demeurait inchangée, mais tout en lui l'offensait. Surtout devant « la petite » qu'il imposait sans se soucier de sa muette souffrance. Cette peste sortie de ses entrailles apprenait à présent les règles du bridge, ses usages, la valeur des couleurs et des plis, avec ce séducteur diabolique. Il lui avait déjà tout appris : la dégustation des vins, le goût des plats fins, la coquetterie, l'humour.

Les amants avaient évoqué souvent l'aérodrome devant tout le monde. Ils avaient nommé quelques camarades qui « grattaient » avec eux dans le hangar, selon leur propre expression, ils avaient aussi raconté leurs voltiges. Ils avaient exhibé ainsi tout ce qui les unissait. Jacques, le père de cette enfant qu'on avait élevée pour en faire une excellente maîtresse de maison, n'avait pas l'air de réaliser qu'il s'agissait de sa fille. Il ne bronchait pas. N'était-il pas concerné ? Cela était-il sans conséquence pour lui ? Toute sa vie, il avait redouté l'affrontement. Quiconque avait tenté une explication avec lui s'était heurté à son mutisme fuyant. Élisabeth n'aurait su dire s'il en souffrait. Pour elle, en ce moment, tout était souffrance. Intervenir ? Autant avouer sa passion qui se développait comme un virus. Elle en était au point de ne plus souhaiter venir au bridge. Mais c'eût été dévoiler ses sentiments, sa jalousie. La raison lui hurlait de ne rien modifier, ne rien trahir de ses tourments. Combien de temps tiendrait-elle, et au nom de quoi ? Elle avait dû se faire violence pour montrer bonne figure. Une figure de malade. Elle n'était plus que douleur et interrogation, orgueil bafoué. Ses ceintures flottaient autour de sa taille, ses joues se creusaient et son sourire déjà trop convenu se transformait en rictus.

Rien n'avait changé dans le comportement des Chevalier, mais sans doute avaient-ils deviné. Elle croyait déceler une compassion, y compris dans les mots d'esprit ou les lourdes plaisanteries d'Hubert qui provoquaient encore quelques rires autour de la table.

Mais elle, elle ne riait plus.

20

Les quelques mots échangés dans le salon avaient ressemblé à un dialogue. Un rapprochement. Il était peut-être encore temps de reprendre l'enfant, de s'en faire une alliée. Elisabeth se mit à espérer l'impossible. Elle réajusta son ruban de velours autour de son col bleu ciel et proposa le thé d'un ton amène. Sa fille, debout, restait recroquevillée sans son manteau. Elle se regardait exister dans les yeux de cette mère dont les fêlures devenaient apparentes. La haine était bonne quand elle n'avait plus besoin d'actes violents, ni de mots féroces. Le désarroi de l'autre donnait parfois à Marie-Agnès des jubilations qui la ressuscitaient d'une mort difficile à définir, mais qui avait duré sa vie entière. Elle avait besoin de contempler cette souffrance, et de laver ses propres douleurs dans ce regard blessé.

— Oui ? Un thé de Chine avec moi ? Ou plutôt du chocolat, puisque tu aimes ça !

— Non, pas de chocolat, ça donne des boutons !

Voilà qu'elle fait attention à sa peau, maintenant ! se dit Élisabeth en allant à la cuisine. Sa confusion était grande. Elle n'aurait su démêler ses sentiments. Agissait-elle vraiment pour retrouver l'amour perdu ou pour reprendre son pouvoir ?

Tandis qu'elle se perdait en conjectures, Marie-Agnès s'enfonçait dans un des fauteuils tournés vers l'inutile cheminée au noir tablier métallique toujours abaissé. Elle écoutait les bruits de vaisselle et de placards que l'on ouvre et referme avec une indescriptible jouissance. D'un geste provocateur, elle enfouit ses pieds engourdis dans le panier de laine. « Moi d'abord ! » dit-elle à mi-voix, puis, d'un coup, sombra dans le sommeil.

Pendant ce temps, Élisabeth se préparait à faire une démarche qui lui paraissait vertigineuse. Elle allait dire quelque chose pour faire de sa fille son alliée. Commencer par la serrer dans ses bras, laisser remonter des sentiments enfouis depuis toujours. Le lait. Le lait de sa poitrine avait cessé de couler. La petite tirait sur sa chair, la pinçait, puis cessait sa vaine succion dans des pleurs stridents. En avait-elle eu des sentiments, des émois, des espoirs avec son bébé dans les bras ! Jacques avait poussé la porte pendant la tétée. Élisabeth avait dissimulé son sein sous la serviette du nourrisson... « Excuse-moi... », avait-il marmonné en refermant la porte. La honte, l'écœurement, dès que le corps rappelait que l'humain est aussi un animal.
Le temps était sans doute venu de confier à la petite devenue grande les tourments de sa vie de femme. Comment s'y prendre ? Son envie de parler, de se livrer tout entière, montait. Maintenant ou jamais, se dit-elle. Elle allait crever l'abcès qui avait empoisonné leur relation. Pour trouver un peu de force et des mots chargés d'émotion, il suffirait de penser à ce jour lumineux, à Château-Gaillard, où elle avait tenu pour la première fois son bébé tout chaud et endormi dans ses bras, pendant que Jacques était allé se reposer de sa nuit

dans la chambre bleue. Si elle osait parler à sa fille aujourd'hui, les sentiments pourraient revenir d'eux-mêmes. Un espoir immense balaya la rage et la jalousie, et lui fit entrevoir des liens nouveaux. Il était encore temps de reconquérir son enfant.

Elle s'imagina dans le salon en train de parler. Restait à régler le problème posé par Victor. Mais, il fallait être honnête. Jamais elle n'avait envisagé de faire sa vie avec l'aviateur, coureur notoire de jupons, qu'elle avait connu en culottes courtes. Quel délire s'était emparé d'elle cet hivers ? Emportée par son espoir de construire de nouveaux liens avec sa fille, elle en arrivait à se convaincre qu'elle ne souffrirait plus jamais par Victor Louzelergue. Il n'était pas un homme pour elle. Elle le savait et pouvait donc accepter sa passade pour Marie-Agnès.

Prise d'un frisson, elle arrêta ses pensées, rassembla énergiquement le nécessaire du goûter sur un plateau. L'idée de sa fille heureuse et complice avec Victor criblait sa peau de picotements. Une bouffée suffocante remonta. Peste ! siffla-t-elle entre ses dents. Elle passa le dos de sa main sur son front et contraignit ses pensées avec difficulté. Victor ne devait pas être l'insurmontable entre elles. Unies, elles régleraient ensemble, et dans les larmes s'il le fallait, les turbulences qu'il avait apportées depuis son retour d'Indochine. On doit accepter de traverser des douleurs pour retrouver son enfant, ainsi qu'à l'accouchement. Elle aurait tant voulu l'avoir aimée tout au long des années cette petite fille !

Élisabeth s'impatienta de la rejoindre dans le salon sans arriver à se débarrasser d'une appréhension.

Quand elle la vit endormie, cheveux épars sur les épaules, elle posa délicatement le plateau sur la table basse et la dévisagea. Elle fut reprise par des regrets, des sentiments imprécis, aussi insaisissables que des reflets bigarrés dans une eau courante. Ils passaient de la mièvrerie qu'elle prenait pour de l'amour à des duretés confinant à la haine. Des instants fugaces d'une humble sincérité l'apaisaient. Elle dévisageait sa fille avec des airs presque stupides. C'était étrange de retrouver sur ce visage les traits de son propre père à elle. L'avait-elle aimé ce père parti trop tôt et si vite ! Marie-Agnès qui ne l'avait pas connu, et savait si peu sur lui, avait emprunté pour séduire ce qu'il avait de plus charmeur : son sourire, c'est-à-dire sa bouche bien dessinée, ses pommettes hautes, et son grand front... Belle imposture. L'envie la prit de dire à son enfant : « Va remettre tout ça dans la malle du grenier, sa malle à lui, ça ne t'appartient pas ! Tu en ignores toute l'histoire... » Sa fille avait volé dans son sein des expressions chargées pour Élisabeth d'une mémoire, d'une mythologie et qui appartenaient à son passé à elle. Chaque fois qu'elle surprenait la ressemblance sur le visage de Marie-Agnès, le même agacement la prenait. Elle avait eu besoin de la protection de ce père qu'elle avait chéri en silence : réserve imposée par son éducation. « Ressembler à quelqu'un, c'est lui voler quelque chose ! » avait-elle affirmé à Mimi. « Non, c'est partager avec lui... », avait répondu la jeune amie. Elisabeth s'était tue, gênée d'avoir laissé paraître un peu de sa mesquinerie.

Si seulement je pouvais profiter de son sommeil pour m'emparer de la force nouvelle qui lui donne une telle assurance ! Et elle se tortura à imaginer les étreintes avec Victor jusqu'à ce que les images lui fissent si mal qu'elle bondit à la cuisine étouffer un sanglot avant de revenir à sa fascination, à genoux devant la belle endormie.

Marie-Agnès ouvrit les yeux. Avant qu'Élisabeth ne détournât les siens, elle avait eu le temps de surprendre cet abandon, ce désespoir, et de chanceler au fond d'elle-même comme on trébuche en ratant une marche. Elle fut prise à nouveau par le besoin de se blottir dans les bras maternels, mordre ses chairs, hurler « Je t'aime ! ». Mais les élans vers cet être adoré avaient toujours été repoussés. Ils gardaient un goût de culpabilité, d'indécence. Aimer était assurément une faiblesse.

Elle se contenta de regarder sa mère servir le thé.

— Quelle chance, tu as mis du cake !

— Je me suis demandé si tu avais déjeuné à midi...

Sans doute était-ce un bon début pour en venir à la confidence. Mais quand viendraient les mots ? Les vrais. Élisabeth savait qu'elle n'en avait déjà plus le courage.

— Tout se passe bien chez ton amie à Paris ?

— Très bien, répondit Marie-Agnès du ton faux de qui s'applique à bien tromper... Ça y est ! Je vais pouvoir retirer mon harnachement, continua-t-elle gaiement, je commence à me réchauffer.

Elle laissa choir son manteau sur le tapis, ce qu'elle n'aurait jamais osé faire avant. Sa mère lui tendait une tasse de thé. Il n'y eut plus que des bruits légers de petites cuillères, de soucoupes, de sucrier que l'on heurte, que l'on ouvre et referme.

Un souvenir revint à l'esprit de Marie-Agnès qui combla leur silence d'un plaisir revanchard.

Une des dernières belles journées de l'été de la Saint-Martin, Victor lui avait réservé une surprise.

Ils avaient survolé la Seine à basse altitude jusqu'au promontoire rocheux surmonté de sa ruine médiévale, l'avaient contourné, virant sur une aile puis sur l'autre, et Victor avait ensuite piqué sur la Colombière à la vigne vierge encore flamboyante. Marie-Agnès avait reconstitué son souvenir lointain : la terrasse où les joueurs de cartes s'étaient installés, la double porte vitrée du salon. Aussitôt, la *Deuxième Gymnopédie* que des mains anonymes avaient jouée s'était mêlée aux ronflements du moteur. Un peu plus loin, Victor avait décrit des cercles au-dessus des propriétés jumelles où étaient restés ses souvenirs partagés entre les familles Chevalier et Bauvy. Dans le ciel de la maison où était née Marie-Agnès, il avait fait un piqué, puis une boucle et s'en était retourné à Buc.

Le sourire de Marie-Agnès prolongeait le silence et les minutes passèrent. Élisabeth demeurait prostrée. Les mots enfermés depuis vingt et un ans s'évaporaient comme de l'éther au moment où elle croyait les saisir. Ne restait à leur place qu'un poids énorme. Elle ne put rien avaler.

A bout de forces, elle se leva et laissa sa fille terminer seule son goûter.

21

L'eau ruisselait. Les giboulées se succédaient, abreuvaient la terre déjà gorgée d'eau, de glace et de neige fondues. Dans toute l'Europe, les rivières et les fleuves s'enflaient, sortaient de leur lit, se répandaient dans leurs vallées. Du haut des trains de banlieue qui glissaient à flanc de collines et sur les ponts, on ne voyait que désolations et scènes pathétiques. Les maisons riveraines cernées par l'inondation n'étaient plus accessibles qu'en barque. On ne distinguait plus le tracé des routes sinon par les rangées de peupliers et les hautes branches de haies. Les flots bourbeux charriaient des branchages et des troncs, des bêtes crevées, des barrières de jardins. De temps en temps, au milieu de l'onde, dépassait le toit d'une voiture abandonnée. Les rares percées du soleil n'arrivaient pas à assécher ces marécages. Les caves débordaient. Celle des Chevalier, à Croissy, comme les autres. Le rez-de-chaussée de leur maison avait été pendant quelques jours à fleur d'eau. Ils étaient allés se réfugier chez les parents de Mimi à Paris.

Des hauteurs de la terrasse de Saint-Germain-en-Laye, Marie-Agnès et Victor étaient venus voir les débordements du fleuve, comme deux gamins. Mais insidieusement, des souvenirs d'Indochine avaient distrait Victor. Il s'était isolé peu à peu dans le silence. Au-delà de la convulsion de la Seine, il voyait des villages bombardés en pleine saison des pluies. Leurs huttes s'en allaient à la dérive. Buffles, chèvres et chiens au ventre ballonné flottaient parmi des hommes, des femmes et des enfants inertes, violets et gonflés d'eau, portés par le courant, abandonnés çà et là dans les rizières, ou retenus par les branchages des arbres engloutis. « Tu ne dis plus rien ? » s'était inquiétée Marie-Agnès. Non, il ne disait plus rien chaque fois que son esprit l'entraînait vers ce lointain en guerre qu'il avait si bien connu, aimé, et qui intéressait si peu de Français : l'Indochine qu'il avait mille fois survolée pour la défense du camp retranché de Na San à deux cents kilomètres à l'ouest de Hanoi. Fallait-il que l'inconscience de certains responsables eût entraîné l'armée française à installer depuis l'automne un nouveau camp retranché, encore plus à l'ouest ? On ne se souciait guère des complications pour le réapprovisionnement. Un point stratégique, affirmait-on en haut lieu, situé aux confins du Tonkin et du Laos, nommé Diên Biên Phu. Il est encerclé de montagnes noircies de brousse épaisse, propre à dissimuler et protéger l'ennemi. Pour les pilotes, cette stratégie était une folie, une grave erreur militaire. On n'implante pas un îlot de défense impossible à ravitailler autrement que par le ciel, et si loin de la base que les avions n'y peuvent s'attarder sous peine de manquer de carburant. On n'implante pas un camp retranché au fond d'une cuvette où stagnent, de surcroît, les nuages à la saison des pluies. La chance qui avait fini par tourner du côté des Français à Na San allait-elle récidiver à Diên Biên Phu ?

— Allez, viens gamine, avait jeté Victor, c'est une inondation bien gentille, finalement, que celle-ci !

Marie-Agnès l'avait considéré avec étonnement : il avait eu un ton las et un air désabusé.

Il avait quitté le parapet de la terrasse d'où l'on voyait le profil de Paris se découper sur un horizon lourd de pluies à venir. Elle s'était sentie très seule.

Elle reprenait désormais chaque jour le train pour se rendre à la Sorbonne depuis que Victor était parti faire un stage à Istres et que les grands froids avaient cessé. Elle ne se lassait pas du spectacle de ces débordements. Des envies de fin du monde, d'anéantissements, de tragédies spectaculaires excitaient sa curiosité tout en réveillant ses terreurs de la guerre. Chaque premier jeudi du mois, les hurlements des sirènes de sa banlieue déclenchaient toujours en elle des paniques incontrôlables. Les chiens du voisinage hurlaient à la mort et elle croyait entendre des pas précipités dans l'escalier de la cave. Sa grand-mère avait toujours refusé de quitter le salon. Elle s'en remettait à la grâce de Dieu redoutant plus les pillages que la mort. Ah ! s'emballait la jeune fille, que les soubresauts monstrueux de la terre nettoient la surface du globe des villes immenses qui la rongent ! Mais pourvu que ce soit loin, lui répondait une autre petite voix au fond d'elle. Elle qui ne savait souffrir et qui fermait les yeux devant le sang et la misère, n'aurait jamais osé avouer à quiconque, même à Victor, l'intérêt un peu frénétique qu'elle prenait aux cataclysmes des pays placés sur la route des ouragans, des tremblements de terre, des inondations, des coulées incandescentes de volcans en furie.

Cependant, la décrue de la Seine s'était amorcée. Elle laissait sur le paysage une ligne horizontale noire de boue. On allait bientôt revenir dans les normes et cela la désolait.

Le regard perdu dans le vague, tandis que le train emmenait ses voyageurs à la gare Saint-Lazare, elle oublia d'observer les progrès de la décrue. Elle songeait à sa vie d'étudiante avec une grande lassitude, un ennui profond. Elle ne savait plus pourquoi elle devait continuer à préparer les derniers examens de sa licence d'anglais. Son assiduité, son intérêt avaient molli depuis la rentrée. Elle entassait les polycopies mais ne les lisait plus.

Parler et écouter l'anglais lui donnaient pourtant du plaisir depuis longtemps. Chez sa grand-mère, en Normandie, elle avait connu des Anglais pendant la guerre. La délicatesse de leur parler, le raffinement de leur accent l'avaient d'abord charmée, puis davantage. Ils lui avaient enseigné des bribes de leur langue et révélé une autre façon de mettre des mots sur les choses de la vie, une singulière liberté. Il y avait des délicatesses dans les modulations, de l'intelligence aussi. Leurs mots n'appartenaient pas aux usages de sa famille et avec eux, elle pouvait s'isoler. La musique de leur accent lui avait flatté l'ouïe. La guerre finie, elle avait demandé d'aller dans une famille anglaise, chaque été, pour apprendre leur langue. Ainsi s'était-elle évadée dans une langue étrangère. Exprimés en français, ses sentiments semblaient incongrus, alors.

Elle avait pris l'habitude de les dire à voix basse en anglais, de murmurer des compliments à celui qu'elle aimerait un jour, d'exprimer tout bas ses hontes et ses colères. Très jeune, elle avait imaginé épouser un Anglais. Ce serait plus facile de dire « *I love you* » plutôt que « Je t'aime ». Moins indécent. Ce qui coulait d'elle comme d'une source avait fini par se formuler en anglais. Sa langue maternelle n'était plus crédible dès qu'elle hachait par ses syllabes trop franches les mots qui évoquaient des émois.

Ce matin-là, parmi les habitués du train de banlieue dont elle finissait par connaître les visages, elle n'arrivait pas à conjuguer sa vie au futur. Elle ne briguait en fait rien de particulier. Peu lui importait d'avoir tôt ou tard un diplôme. Elle ignorait son but réel et le sens de sa vie. Sa mère tenait toute la place. Elle essaya de penser à son père, mais, comme toujours, sans y parvenir.

Dans son wagon bondé, elle se voyait emportée vers un avenir incertain comme si le train avait de la volonté pour elle. Il savait où la mener, à quelle heure, dans quel but. Il avait une mission à remplir. Ses parents avaient confiance en lui.

Depuis l'école primaire, tout l'avait préparée à l'enseignement, seule carrière que ses parents admettaient pour une jeune fille. Elle aurait professé dans le privé, selon leur volonté. Du moins celle de sa mère. Pour Jacques Bauvy, cela ne faisait aucun doute, elle se marierait. Les études de sa fille ne le préoccupaient guère.

Quelle humiliation d'avoir tout admis sans se poser de questions ! Pourtant, elle portait encore la grisante impression de liberté ressentie au début de son année de propédeutique. Elle ne pouvait renier la joie folle de sa première rentrée universitaire mêlée à une fébrile inquiétude. Son regard ébloui sur les amphithéâtres de la Sorbonne, sur leurs fresques, les lambris foncés, les pupitres en gradins vers le point central où trône le maître qui paraît si petit, et qui intimide... Le flux des étudiants dans les couloirs où tant de générations d'érudits notoires sont venus nourrir leur quête de savoir. Et les heures dans la bibliothèque ancestrale immense et silencieuse. Quelle aventure, tout cela, quand on n'a pas vingt ans et que l'on sort d'une école religieuse ! Marie-Agnès ne s'était jamais confrontée à un milieu ouvert aux différentes confessions, aux pensées les plus contradictoires. Elle avait cru agir par elle-même, elle avait cru s'appartenir. Dans ce train de banlieue où elle avait sauté, le premier jour, avec une excitation doublée de l'inexprimable inquiétude des évadés, il ne lui était jamais venu à l'esprit qu'en réalité elle ne se « faisait pas la belle », bien au contraire. Elle suivait docilement la trajectoire tracée pour elle. Une trajectoire semblable aux rails parallèles dont elle s'amusait à fixer le point de fuite quand elle montait dans le wagon de tête, juste à côté de la petite cabine du conducteur. Le point de fuite aboutissait au terminus où elle descendait. Ce train était le prolongement d'une autre volonté que la sienne. Elle s'y asphyxia aujourd'hui, enfermée, comme chez père et mère.

Elle fut tentée de descendre n'importe où. Seulement, ce coup de tête ne mènerait nulle part. Elle décida de rester jusqu'à la gare Saint-Lazare, épuisée de n'être personne. Elle n'avait jamais rien choisi dans sa propre vie, sauf Victor. Ses escapades à l'aérodrome de Buc prirent un sens nouveau, une valeur inestimable. Volées à ses études et à sa routinière organisation, elles étaient parmi les rares moments de son existence qui lui appartenaient. Elle ne regretta pas de s'y être aventurée un jour de folie qui avait modifié son destin. Elle y avait trouvé un amant, et découvert un autre monde.

A Buc, elle avait connu pour la première fois la joie de se rendre utile dans un petit groupe. Des morceaux de tôle qu'elle croyait informes lui passaient dans les mains. Elle prenait plaisir à partager avec des aventuriers imprégnés des rigueurs du métier, un langage et des silences qui l'émouvaient plus que tout. A Buc, elle se sentait vivante parmi eux. Ils arrivaient des quatre coins du monde, disparaissaient, revenaient chargés de mystère. Près d'eux, elle se sentait libre. Elle écoutait leurs voix parfois grossières, souvent chaleureuses, évoquer des pannes dans les parties du monde les plus perdues, des aventures dans les quartiers chauds de villes lointaines, des plaisirs indescriptibles aux commandes de leurs engins, des bonheurs vécus dans la solitude du cockpit. Leurs mots, anodins dans d'autres bouches, devenaient l'exotisme. Ils les accompagnaient d'un geste ample et d'un éclat dans le regard. Cela donnait l'impression de frôler les plus folles dimensions.

Pour garder sa place parmi eux, elle se sentait capable de se battre.

22

Une vieille femme assise en face d'elle avait le visage fripé, ainsi qu'une pomme ratatinée, et des prunelles d'un gris ardoise délavé qui la fixaient d'un regard honnête. La jeune fille s'y accrocha. Elle eut besoin d'y lire que sa vie n'était pas inutile, que ses écarts au terrain de Buc avaient un sens, et qu'elle existait vraiment. Elle ne se déroba point à l'échange muet qui la bouleversait. Dans le fond de ces yeux-là, il y avait une profusion d'hortensias en fleur. La vieille femme avait l'air d'offrir un bouquet à l'étudiante. C'était si apaisant, si vivifiant aussi, qu'une envie de prendre tout ce que pouvait donner l'inconnue s'empara de la jeune fille. Prendre, prendre, prendre. L'image de feu sa grand-mère maternelle se superposa, un peu floue, comme un fantôme maigre et sombre. Fantôme qui hantait toujours discrètement la maison de Normandie, dans son mobilier du XVIIIe siècle en marqueterie, et près de qui chaque geste, chaque parole appartenait au code strict de son éducation. Marie-Agnès ne l'avait connue que vêtue de noir : le deuil d'un époux fauché par une voiture folle sur l'autodrome de Monza en Italie, l'année des seize ans de leur fille Élisabeth.

Marie-Agnès devina, à sa mise paysanne, que la vieille femme habitait à la campagne une humble maison chauffée par une cuisinière à bois, qu'elle ne gaspillait pas la nourriture, ravaudait les vieux vêtements, faisait elle-même ses confitures, parlait à son chat d'une voix chaleureuse, cultivait un bout de potager, attendait chaque jour le facteur même s'il n'apportait que de loin en loin une lettre de ses enfants installés à la ville. Il s'arrêtait sûrement chez elle, le temps d'avaler un verre et de donner des nouvelles du bourg. La jeune fille lut dans les yeux gris posés sur elle une force de vie et d'amour incomparable. Elle fut au bord de réclamer sa part et se laissa aller au besoin d'imaginer la vie de l'inconnue au chignon blanc. Elle semblait riche de ses humbles tâches quotidiennes... Marie-Agnès soudain ne soutint plus son regard. Elle fut secouée de sanglots au milieu des voyageurs et détourna vivement le visage. « Elle sait ce qu'elle fait de sa vie et pourquoi... », se dit-elle de l'aïeule. On lui tapota légèrement le bras. La main déformée par les rhumatismes lui tendit une pomme. Ses hoquets redoublèrent. Elle allait hurler d'une douleur sans contour avivée par la gentillesse de l'inconnue. En acceptant le fruit, elle saisit entre les siennes la vieille main qu'elle appliqua contre sa propre joue pour se rappeler à jamais une telle caresse. On a parfois de ces impudeurs imprévisibles avec des êtres qu'on ne reverra jamais : une scène inavouable avec un chauffeur de taxi, un geste d'amour avec une vieille paysanne.

A la bonté qu'elle lut dans son sourire, Marie-Agnès eut l'impression d'être invitée dans la petite maison chauffée par la cuisinière à bois.

Le train arriva sous la verrière de la gare

Saint-Lazare, et la jeune fille n'eut pas le cœur d'abandonner à la foule cette femme devenue en si peu de temps comme une parente aimée. Elle la prit sous sa protection, porta son cabas, puis, l'ayant questionnée sur sa destination, l'accompagna à la gare Montparnasse. Elles parlèrent dans les couloirs du métro. La vieille femme racontait sa vie dans les champs et près des bêtes, ravie de présenter de l'intérêt pour une inconnue. Ainsi s'évada Marie-Agnès dans une autre existence. Elle s'éprit de la voix aux intonations de conteuse et l'écouta jusqu'à ce que le train de grande ligne glisse lentement le long du quai, tiré par une énorme machine noire qui jetait de la vapeur et des escarbilles sous la verrière. Elle pensa à la Lison, la locomotive de *La Bête humaine*, et s'émerveilla des sentiments forts et authentiques que pouvait nourrir l'homme pour des morceaux de ferraille et de fonte assemblés en une machine qu'ils domptent et commandent amoureusement.

Une tornade de pluie et de vent l'accueillit sur le parvis de la gare quand elle refit face à sa propre vie. Sa propre vie ? Un vide immense. Elle fut incapable de songer à la ruche grouillante qu'était la Sorbonne où elle avait sa place. « Chaque cours ici est une célébration », avait dit devant elle un professeur. Elle avait enregistré ces mots sans en estimer la valeur. Ils lui revinrent et lui donnèrent des remords. Mais elle s'empressa de chasser le souvenir de ce maître. Elle ne voulait plus penser à ce qui touchait à ses études, ni à ses activités du quartier Latin. Il n'y avait plus devant elle qu'une béance. Nulle part, dans ses souvenirs, elle n'avait l'impression d'avoir été vraiment elle-même.

Elle traversa la place en toute hâte, se réfugia

dans la taverne de Maître Kanter à l'angle du boulevard Montparnasse, s'installa, commanda un café
et consulta le ciel. Par la pensée, elle s'en fut sur le
terrain de Buc. Elle n'y était retournée qu'une fois
avec Victor depuis les grands froids. Les avions, les
mécanos, les pilotes, les hangars, les bidons et les
pneus, les outils gras, la piste en herbe, tout cela se
mit à lui manquer comme une patrie quittée
depuis trop longtemps. Son dernier vol remontait à
l'été de la Saint-Martin.

Elle tressaillait toujours à voir un avion décrire,
juste au-dessus de l'horizon, un bel arrondi pour
s'aligner devant l'axe de la piste, descendre avec
précision, frôler le sol avant de s'y poser. Ensuite le
roulage sur l'herbe avec un je-ne-sais-quoi de glorieux dans les ronflements du moteur au ralenti.
On ne peut pas ne pas penser que la faute, la petite
maladresse, l'erreur d'estimation, disons-le, l'accident, aurait pu se produire. Le cœur bat alors
d'une allégresse chaque fois renouvelée. L'atterrissage ressemble à un élégant triomphe sur la fatalité. Pourtant, certains coucous ont quelque chose
de pitoyable, lorsque, arrivés au sol, ils zigzaguent
et cahotent pour aller s'aligner sur le bord de la
piste tel un infirme au pied-bot ou un oiseau des
mers marchant sur la grève, ailes pendantes. Marie-
Agnès devenait à la fois l'aéroplane, la piste, le ciel
et des yeux immenses.

Elle qui pouvait écouter et réécouter un morceau entier de musique pour le bonheur d'une
reprise de quelques notes, elle aimait assister sans
fin à des atterrissages et des décollages pour la tension nourrie de joie, d'admiration et d'inquiétude
de ces instants très brefs. Le plus émouvant, le plus

troublant restait pourtant à ses yeux le décollage. Il y a quelque chose d'humain dans la grâce de l'appareil quand il semble creuser ses reins au moment où il quitte le sol.

Ce qui se passe autour de l'engin prêt à partir passionne la jeune fille. Un camarade brasse l'hélice pour entraîner le moteur, un autre enlève la cale sous les roues. Une tension à laquelle il est difficile de se dérober monte avec les bruits de moteur. Dans ces moments-là, Marie-Agnès croyait avoir au fond d'elle une petite dynamo qui alimentait ses émotions. Cette dynamo semblait reliée à la machine. D'abord la montée en régime freins serrés. La carcasse de l'avion frémit d'une impatience qui gagne les nerfs. Brusquement, c'est la course accélérée sur la piste. La roulette de queue se soulève comme un fanion au vent, allège l'avion qui fuit à vive allure sur ses deux roues avant. Il se détache du sol en douceur. Les nerfs se tendent, le sang s'arrête presque dans les veines, chauffé en quelques secondes. Les jambes mollissent. C'est le moment où Marie-Agnès a l'impression que l'appareil creuse ses reins, bras écartés. Il quitte la terre, cambré, offert à l'infini du ciel, roues en avant comme deux poings défiant les dieux. Alors, il se balance un peu, appuyé sur le souffle de l'air, gracieux, vulnérable. Les ailes brillent sur fond d'azur, les roues tournent encore dans le vide, inutiles et ridicules.

Des sentiments et des visions insensés assaillent la jeune fille chaque fois. Un foisonnement de mots montent en elle dans la langue anglaise. Elle les déguste comme des bonbons. L'envie d'aimer l'enivre. Debout face à l'espace d'herbe barré à l'horizon par les bosquets, elle a besoin de refermer ses bras délicatement sur un bébé. Un nourrisson confiant, aux poings agrippés à ses doigts et qu'elle protégerait. Elle lui fredonnerait des berceuses dans sa langue d'adoption. Parfois lui vient une envie impérieuse et brutale d'étreindre un homme au corps vigoureux, de se laisser prendre sur l'herbe de la piste pendant que les nerfs sont encore tendus, le sang chauffé par l'espèce de fièvre qui est montée en elle pendant le décollage. Aimer sous l'aile d'un avion au moteur encore chaud de son dernier vol, épuiser la dynamo survoltée de son corps et de son être. Elle connaîtrait des extases inouïes. C'est le seul moment où, à Buc, elle n'ose pas regarder les hommes franchement. Il ne faut pas que l'on devine cette loufoquerie dans le fond de ses yeux. Surtout s'il y a Fabrice, le géant à la voix forte et au regard indécent, aux doigts fureteurs. Fabrice ne lui passe jamais un objet, un outil, ne lui en emprunte pas, sans essayer de l'effleurer, de la caresser. Son sourire se transforme ainsi que son regard. Ils franchissent des frontières intérieures. Certains êtres vous mettent nue et vous possèdent d'un seul coup d'œil. Ils vous prennent avant votre consentement, sans établir de connivence. On y devine le plaisir solitaire. Ils salissent. Il y a aussi les mots à double sens que Fabrice lance de temps en temps, même si les autres camarades sont là, tout près, y compris Victor... Comment démêler la part de malaise, de vexation, et la part de flatterie même honteuse ? Il y a de la répulsion dans le désir qui s'insinue malgré soi. De la crainte aussi. Ne jamais se retrouver seule avec Fabrice, se dit Marie-Agnès.

Elle vit de grands frémissements autour des hangars et sur la piste de Buc.

En avalant son café, à la taverne de Maître Kanter, une décision s'imposa : elle n'irait plus jamais à la Sorbonne. Elle renonça à sa licence. Elle trouverait le moyen de faire carrière parmi les gens de l'air. Elle n'envisageait pas un destin exceptionnel comme celui de Jacqueline Auriol, elle n'en avait pas l'étoffe. Mais pourquoi ne pas trouver un emploi qui la mettrait en contact avec ce monde passionnant ? Elle en parlerait à Victor.

Elle eut l'impression que deux yeux immobiles et sévères la fixaient. Ceux qui avaient jadis le pouvoir de l'arrêter dans un mouvement ou même dans sa pensée. Marie-Agnès avait appris à lire ses interdits dans cette immobilité. Vingt et un ans de soumission gonflèrent son cœur d'une crainte à laquelle elle ne s'était jamais habituée mais qui faisait partie d'elle. Même loin, elle ne savait s'y dérober. Depuis son entrée à la Sorbonne, elle avait pourtant fait des progrès. Cette fois, il faudra savoir annoncer qu'elle voulait donner une autre courbe à son destin. Quelle jouissance de bousculer toutes les convenances avec la complicité de l'aviateur !

Une seule fois le prénom de Victor avait été jeté dans une querelle entre mère et fille. Après la première intrusion de Marie-Agnès dans la sacro-sainte partie de bridge dominicale. Des mots crus avaient été lancés le soir, des jugements, des condamnations.

— Tu t'affiches avec ce coureur qui ne sait pas respecter une femme ! avait vitupéré Élisabeth Bauvy. Les hommes méprisent les filles faciles ! Pense au moins à la réputation de ta famille si tu ne te soucies pas de la tienne.

— Tu prétends qu'il est de vos amis ? Jamais il n'a parlé d'une seule femme avec autant de dédain, hurla-t-elle avant qu'on l'interrompe.

Il faudra venir à bout de cette peur qui la soumettait ou la rendait bravache. Qui ne la quittait pas.

... Sa mère, froide, blanche sous des milliers de fleurs. Enfant, c'était son père qu'elle imaginait mort pour que sa mère n'ait plus à qui lancer ses « ... Tu te rappelles... ». Mais envisager la mort de sa mère ? Jamais ! la vision de cette femme adorée et couchée, yeux clos, avec un crucifix entre les mains jointes sur la poitrine l'avait toujours emplie d'effroi. Le monde s'écroulerait le jour de la disparition de sa mère, avait-elle cru longtemps. Elle avait donc prié chaque jour pendant des années, pour que lui soit épargné ce malheur. Mais aujourd'hui ? Le temps d'un éclair, elle avait entrevu le chemin de sa liberté en allongeant sa mère pour l'éternité. Aussitôt elle avait brouillé ce cliché par superstition. Un souhait maléfique pouvait se retourner contre soi.

Elle se leva et traversa le boulevard Montparnasse en courant pour laisser, avec le pourboire, ses sordides pensées.

A tout hasard, elle prit la rue de Rennes.

23

Elle la descendit sans but, le regard dans le vague.

Elle n'irait pas à la Sorbonne, sa seule certitude. Si elle avait eu un moyen de locomotion, elle n'aurait pas hésité : il y avait du boulot pour elle dans le hangar du fond, sur le terrain de Buc. Elle y songea avec regret.

De son pas errant, elle traversa le boulevard Saint-Germain, passa devant l'église, déambula dans les rues étroites du quartier, se retrouva de nouveau sur la place de l'église et s'en fut vers la Seine.

Appuyée au pont, tête molle et lourde au-dessus des bouillons jaunâtres de l'eau, elle laissa son esprit dériver, s'oublia totalement. Elle ne sentit plus que les battements de son cœur contre la pierre. C'était tout. Même les rumeurs de la ville, le va-et-vient de la circulation ne l'atteignirent plus. Le mouvement incessant de l'eau l'accaparait tout entière. Le courant poussait contre la pile le bourrelet d'une vague épaisse et jaunâtre, en soulevait le flot, l'ouvrait en deux lames impétueuses qui enlaçaient les vieilles pierres. Elle ne sentit plus le poids de sa tête, le temps s'immobilisa. Ses pensées tourbillonnaient et butaient, elles aussi, contre un obstacle. L'obsession de son avenir. Abandonner l'enseignement, c'était se détourner de la sécurité, se jeter dans de nouvelles turpitudes. Des forces inconnues la menaient, la poussaient, l'écartelaient. Elle ne continuerait pas ses études, dût-elle devenir clocharde. Elle en frissonna. Des mots en anglais sourdaient en elle, des interrogations, des plaintes. Elle fut secouée de tremblements. Des gouttelettes glissaient sur ses joues et elle crut qu'il pleuvait à nouveau, mais c'était des larmes. Elle se redressa et poursuivit sa marche. Une vision la précédait.

Tout à l'heure, sa rétine avait photographié à travers la grande vitre du café de Flore un couple qui paraissait isolé du monde sur sa banquette, et dont le comportement traduisait l'harmonie, la complicité, et bien d'autres vertus encore. Elle croyait l'avoir oublié, ce couple, mais elle allait de son pas mou, obsédée par les deux inconnus. Elle en gardait une impression forte et des notes de musique montaient en elle accompagnées d'une voix. Celle d'Yves Montand. Le timbre charmeur susurrait : « *C'est si bon / De se dire des mots doux / des petits rien-du-tout / Mais qui en disent long...* » Écho lointain de la première journée de Victor et Marie-Agnès chez les Chevalier. Elle était allée voir le chanteur au théâtre de l'Étoile avec Victor et laissait glisser en elle ces petites rimes. Cela donnait des envies de rêver, d'aimer.

Elle se sentit seule, absolument seule. Non parce que Victor était à Istres, déplacement obligatoire pour sa formation de pilote d'essai, mais parce qu'elle entrevoyait encore mieux le néant de sa vie. Il lui manquait quelque chose d'essentiel pour vouloir, pour choisir et s'engager. Le pressentiment que jamais sa liaison avec Victor ne pourrait combler ce manque s'insinua jusqu'à devenir une évidence. Il n'y aurait jamais entre eux ce qui faisait l'harmonie du couple entrevu tout à l'heure. Les paroles de la chanson cessèrent d'être anodines. Elle en écoutait les mots en imaginant qu'un homme s'adressait à elle, la consolait d'un grand mal.

A se répéter avec orgueil qu'elle faisait des choses exceptionnelles avec son amant, Marie-Agnès s'était crue heureuse. Son coup d'œil au Flore la sortait d'un aveuglement. Ces deux-là s'aimaient de toute évidence. Tandis que Victor et elle n'étaient pas épris. Il favorisait ses évasions et ses coups de folie, il l'emmenait au restaurant, au théâtre et lui offrait des livres. Il avait auprès d'elle une présence bienveillante que des femmes enviaient et il savait la faire rire. Pourtant, elle sentait bien au fond d'elle un trop plein d'émotions qu'elle rêvait de partager, mais qui demeuraient enfermées, inemployées, stagnantes. Elle n'était pas, en réalité, celle qui s'affichait avec Victor Louzelergue. On pouvait vibrer autrement dans les bras d'un homme aimé, elle le devinait. Il existait sûrement d'autres émois plus riches, plus forts, plus généreux. Entre Victor et elle, il n'y avait pas d'histoire d'amour. Elle le savait depuis le début. Victor ne le lui avait-il pas rappelé dans le taxi, l'autre nuit ? Elle ne savait aimer.

Le couple du Flore venait de réveiller une douleur faite par le gouffre d'une absence. C'était plus facile de rêver de l'amour que d'aimer réellement. Elle avait étudié *Roméo et Juliette* dans le texte, l'an passé, en projetant le visage de Jean sur les pages ouvertes du livre. Les mots qui exprimaient la passion l'avaient enivrée. Elle les avait appris par cœur et dédiés à Jean. Cela n'avait pourtant pas empêché un bloc de glace de la saisir dès qu'il lui avait avoué les siens. Il avait attendu d'elle un engagement.

Avec Victor, pas de déclarations, ni de projets d'avenir. Rien de plus rassurant. Elle savait qu'il n'avait jamais eu qu'une amante : l'aviation. Pour son métier, il renonçait à tout.

Les mots fredonnés par Montand tournaient en ritournelle dans l'espace mystérieux au fond de soi où se logent les voix en sourdine. Ils donnaient envie de les offrir à un amoureux. Mais ses élans, ses émois s'en allaient dans le vide, et Montand continuait de chanter. Il n'y avait rien de plus lourd que des émotions sans destinataire. Une valise pleine de richesses et bien verrouillée que l'on ne pouvait laisser à la consigne ni confier à n'importe qui. Trop précieuse pour risquer de la perdre. C'était ça la vraie solitude. Ce trop-plein de sentiments qui finit par encombrer. Un fardeau qui vous gâche vos jours et tourmente vos nuits. « ... *Bras dessus bras dessous / En chantant des chansons...* », continuait Montand primesautier.

Elle releva les yeux. On sentait les prémices du printemps jusque dans les nuances rares du ciel épuré maintenant de tout nuage. Marie-Agnès fit le tour du square Notre-Dame et traîna mollement dans l'île Saint-Louis son chagrin informe. « Victor a dû rentrer d'Istres ce matin », se dit-elle comme on pense à la solution d'un problème. Cette idée la ramena vers Saint-Germain-des-Prés, attirée par le café de Flore où elle avait entrevu le couple harmonieux.

Elle y jeta un coup d'œil qu'elle crut indiscret.
Cet univers fréquenté par des célébrités, elle ne le
connaissait pas et fut tentée d'y faire une incur-
sion. Elle marqua un temps d'hésitation comme
une envieuse qui guigne honteusement une fête
chez les riches. Elle fut vexée de son réflexe de
petites gens. Alors, elle entra, tête haute, un peu
raide, et s'efforça de paraître décontractée. Elle
avait l'impression de profaner un temple qui ne
serait pas de sa confession et n'osa pas s'asseoir
sur la banquette libre. A supposer que ce soit la
place de Picasso, par exemple ! Chacun n'avait-il
pas ses habitudes ici ? De quoi aurait-elle l'air si
elle s'asseyait là et que le maître fasse un éclat, ou
qu'il la chasse simplement d'un regard ? De quoi
sont capables ces gens qui possèdent le monde
parce qu'ils ont du génie et de la fortune ? Mais
attention ! Trop hésiter, c'est montrer son igno-
rance, sa petitesse.

Le garçon vint au-devant d'elle, plateau à la
main.

— J'ai un rendez-vous.

— Il n'y a qu'un homme seul, dit-il en désignant
la terrasse du menton. Si vous voulez jeter un coup
d'œil... C'est M. Moul...

Elle coupa, péremptoire :

— Je vais faire un tour, merci...

— Comme vous voulez.

Toutes les tables de la terrasse étaient prises.
L'homme seul à son guéridon avait l'air rêveur,
lointain, regardant peut-être sans les voir les passants du boulevard Saint-Germain. Ses doigts ryth-
maient par de légers coups d'ongles sur le guéridon une musique intérieure. Il portait un col
roulé sous un imperméable clair et, jambes étirées
devant lui comme pour faire des croque-en-jambe,

avait tout du vacancier sur une chaise longue. Un peintre, décida Marie-Agnès parce qu'il était maigre et nonchalant, et que les boucles de sa tignasse se convulsaient sur un col roulé tricoté à la main : la caricature d'un artiste de Montparnasse. Elle l'aborda, poussée par une de ces forces qui la prenaient parfois au moment où elle se croyait prisonnière de ses interdits, de ses petitesses. La même pulsion qui l'avait fait enfourcher sa bicyclette au lendemain de sa première rencontre avec Victor.

— Permettez-vous que je m'installe ici ? dit-elle en écartant du guéridon la deuxième chaise.

Un sourire délicat et intelligent lui répondit en guise de bienvenue. Le jeune homme déplaça son verre, son carnet et son stylo, puis retourna à ses songes, son doux regard noir caressant toute chose. Sa présence était apaisante.

Un serveur s'inclina devant Marie-Agnès, le plateau encombré de verres, de tasses et de bouteilles vides.

— Que proposez-vous comme plat froid ?

On était à l'heure bâtarde entre goûter et apéritif. La jeune fille eut envie de se restaurer, n'ayant rien avalé depuis son café à la brasserie de Maître Kanter. Elle avait peu d'argent sur elle.

— Assiette anglaise, saumon fumé à la crème fraîche avec toasts, ou bien...

— N'allez pas plus loin, je prendrai un saumon fumé !

Une ivresse, un délire, quelque chose voisin du dérèglement venait de s'emparer d'elle. Elle savait qu'elle ne paierait pas, mais ne pouvait plus renoncer à sa gourmandise. Elle fut promptement servie, et dégusta son plat de luxe avec une précipitation suspecte, tout en scrutant à gauche et à droite, sans beaucoup de discrétion. Elle espérait identifier quelques célébrités parmi les consommateurs.

Faute de bien connaître la plupart des visages qui correspondaient aux grands noms, elle fut déçue de ne pas en voir un seul. Elle n'aurait d'ailleurs pas su reconnaître Jacques Prévert, par exemple. Ne lui restait en mémoire que son éternelle cigarette. Mais les traits de l'homme ? Oubliés. Sartre, elle ne le confondrait avec personne à cause de son œil qui ne regardait pas dans la même direction que l'autre, et de sa bouche aux lèvres trop épaisses qui la dégoûtaient. Beauvoir aussi, elle la reconnaîtrait. Ses cheveux étaient relevés en rouleaux comme ceux d'Élisabeth Bauvy, sa mère. Mais les autres ? Y avait-il une heure de pointe pour les artistes et les intellectuels connus au café de Flore ? Elle n'osa tout de même pas demander à son voisin de table s'il était peintre, sculpteur ou écrivain, étant donné la surprise qu'elle était maintenant décidée à lui préparer.

Son assiette vidée, elle s'excusa, déplaça un peu la table pour pouvoir se faufiler afin, dit-elle, d'aller se remaquiller. En l'aidant à se frayer un passage, il lui adressa son sourire délicat et inoubliable. Elle en rougit. Sac en bandoulière, elle traversa la salle, jambes flageolantes, et se rendit aux toilettes. Elle ne s'y attarda pas, mais se dirigea en catimini vers la sortie, et s'enfuit en une galopade effrénée vers le boulevard Saint-Michel. Elle chassa d'elle l'image du rêveur à qui le garçon allait présenter l'addition. Elle était à la fois honteuse et grisée. Au carrefour de l'Odéon, elle bifurqua vers la rue Monsieur-le-Prince et la remonta hâtivement.

24

Ce n'est pas Victor qu'elle trouva au Capoulade, mais Hubert Chevalier. Il était arrivé quelque chose à Victor ! Un accident grave. Cette idée la priva de toute sensation. Elle aborda Hubert avec un cri muet dans le ventre.

— Que se passe-t-il ? bafouilla-t-elle, voix blanche, yeux effarés.

— Rien, je supo-pose, pou-pourquoi ?

A tant bégayer, il est lui-même bouleversé, se dit-elle. Il pouvait tenir des discours entiers sans hacher les mots tant qu'il n'était pas pris par une émotion forte. Mais si une colère le soulevait ou si une tendresse le traversait, il se mettait à buter sur les syllabes.

— Il se passe quelque chose, alors ?

— Assieds-toi ! au lieu de me po-poser mille questions ! En voilà de l'agitation ! Que bois-tu ? grogna-t-il de cette voix toujours trop forte et faite, selon elle, pour gueuler sur des troupeaux de bêtes que l'on mène aux champs.

— Un blanc-cassis...

— Il a eu le temps de faire ton éducation, au moins ! gronda Hubert d'un ton qui se voulait humoristique, et même conciliant, mais qui exprimait la réprobation.

— C'est avec Victor que j'ai rendez-vous ! Si tu es de mauvaise humeur, va plus loin boire avec qui tu veux.

Hubert ne remouchait pas la petite fille qu'on avait toujours tenue à l'écart, mais bel et bien une jeune femme imprégnée de l'autorité que lui donnent ses liens avec un homme. Il perdit de sa superbe et sourit pour amadouer le courroux qu'il avait suscité. Marie-Agnès resta méfiante. Elle n'avait jamais eu vraiment confiance dans cet homme-là. Quelque chose chez lui ressemblait à de l'opportunisme, à un besoin de rester toujours au mieux avec qui représente la force. Il affirmait trop fort des convictions qui venaient des autres. En avait-il du reste ? Ce n'était pas un hasard s'il avait attendu, pour la recevoir chez lui, que Victor l'imposât. Il n'avait pas daigné jeter sur elle un regard pendant le fameux apéritif où ils avaient attendu leur héros. Mais après ! il avait soutenu haut et fort son ami, le fier aviateur, lorsque ce dernier avait sorti d'un mot Marie-Agnès de l'anonymat. Il avait su flatter Victor sur son instinct infaillible de la femme et trouvé des compliments. C'est à la demande de son ami d'enfance qu'il avait reçu Marie-Agnès à Croissy... Mais, si elle avait un souvenir précis d'une grande fête dans la maison à la vigne vierge, elle ne le devait qu'à Victor.

Elle attendit son blanc-cassis, raidie de vigilance. Pourquoi Hubert ici ? Et pourquoi son silence ? Lui, le grand bavard, le brasseur de vide qui jouait volontiers les clowns. Elle l'étudia sans discrétion, forte de la rancune des années de vexation et de solitude qui avaient pris fin avec Victor. Ses paupières battaient, trahissaient une panique. Il avait des petits yeux couleur de noisette embusqués sous la foison des sourcils. Il alluma une cigarette.

— Écoute, dit-il l'air très gêné en soufflant son nuage de fumée sur elle, on était une petite bande d'amis qui s'enten-tendait bien. Le bridge du dimanche, c'était presque plus sa-sacré que la messe, c'est tout dire.

— Quelqu'un ou quelque chose vous empêche de jouer au bridge, maintenant ?

— Moi, tu sais, je n'y avais vu que du-du feu... Mimi m'a ouvert les yeux... Depuis que tu y viens, ce n'est plus pa-pareil. Ta mère a maigri, elle n'est plus du-du tout au jeu.

Marie-Agnès observait son changement de ton et son malaise. Elle sentait monter une nausée.

— Je n'y peux rien.

Il fut surpris de l'indifférence qu'elle affichait, et il aurait bien fait demi-tour maintenant plutôt que d'être acculé à préciser les choses. Il tourna la tête de tous côtés, l'air sévère, leva une main et claqua des doigts avec autorité :

— Bon sang ! Il n'y a personne pour prendre les co-commandes !

— Sois gentil avec lui. Il nous sert presque tous les jours et nous transmet les messages !

— Je sais ! coupa Hubert.

— Te voilà dans les confidences ?

— N'oublie pas-pas que Victor est mon ami d'enfance ! Il me dit tout, tu m'entends ? Tout !

La scène du taxi jaillit à l'esprit de la jeune fille. Victor l'avait-il racontée à Hubert ? En avaient-ils ri ensemble ? La confusion lui brouilla sa propre mémoire. N'avait-elle pas narré ses extravagances à son amie Anne, comme on se vante d'un exploit formidable ? Elle détailla le visage d'Hubert et eut horreur de lui.

— Tu veux que je quitte ton copain ? Que je disparaisse de la circulation ? Que je me suicide ?

Elle le fixait durement. Le serveur mit le café devant Hubert, le vin blanc teinté de rouge devant elle.

— Ta mère va mal.

— Elle aime Victor depuis des années. Qu'y puis-je, si elle a choisi la vie de dame patronnesse ? Je ne lui ai pas pris Victor. J'irai avec lui où il m'emmènera. Même à vos bridges.

— On finira pas te dé-détester. Tu n'auras rien gagné.

— Je n'ai jamais rien gagné depuis que ta mère m'a sortie du ventre de la mienne. Et je n'ai même pas le droit de savoir ce qui s'est passé. Si tu es au courant, raconte ! Que ton rôle de mouchard serve au moins à quelque chose !

— J'étais adolescent quand ma mère est morte.

Bien sûr, elle n'avait rien confié à son garçon. Ses grands-parents avaient vendu la maison et, de chagrin, le grand-père Bauvy, leur voisin, en avait fait autant. Personne n'avait voulu retourner à Château-Gaillard depuis, sauf pour les fêtes de Victor à la Colombière.

Marie-Agnès eut une intuition : Hubert Chevalier ne s'était pas déplacé de son propre chef. Il était l'envoyé d'Élisabeth Bauvy. On ne peut annoncer à la fille au nom d'un groupe où il y a la mère que tous la détesteraient, s'il n'y a pas le consentement de cette mère. Elle sentit alors trop de forces liguées contre elle. En un éclair de douloureuse lucidité, elle réalisa : la froideur de sa mère n'était pas de la pudeur, ni l'expression d'une nature distante, mais de la haine à peine déguisée. Le sang afflua à ses joues, son cœur se gonfla, et un glas résonna en elle. Victor avait raison : Élisabeth Bauvy n'était pas un animal à sang froid. Les grands moments de sa vie défilèrent sous ce nouvel éclairage. Deux haines en présence sous le même toit à Louveciennes. Ces derniers mois, Marie-Agnès en était arrivée à des envies de meurtre.

L'appréhension d'être arrachée par la volonté d'Élisabeth Bauvy au seul être qui lui eût montré de l'attachement s'empara de la jeune fille. Avait-elle réellement cru, l'après-midi même, qu'elle n'était pas amoureuse ? Bien sûr qu'elle aimait Victor ! Toutes les fibres de son être le lui criaient, en ce moment, au Capoulade, devant Hubert Chevalier, lamentable messager. L'idée de ne plus revoir son aviateur la fit grelotter. Elle guignait les moindres recoins de la place Edmond-Rostand avec l'espoir immense de distinguer dans la foule la rassurante silhouette au blouson de cuir. Il dirait, lui, à Hubert ce qu'il penserait de sa démarche dans son dos... Mais au fait ! Si Hubert est là, ce soir, jour présumé du retour de Victor, ne serait-ce pas parce qu'il a eu des nouvelles ? Il doit savoir que Victor ne viendra pas. Pourquoi n'était-elle pas allée voir s'il y avait un message en arrivant ?

— Victor sait-il que tu es là pour nous séparer sur ordre de ma mère ?

Elle épiait son visage et déchiffrait ses traits qui tombèrent d'un coup. L'affaissement de ses épaules, les battements nerveux des paupières dénonçaient l'attitude couarde d'un traître. Elle ne voyait que sa bouche aux lèvres bien dessinées qui ne s'appuyaient sur rien. Elle était en train de s'apercevoir qu'Hubert n'avait pas de menton.

Marie-Agnès eut horreur de reconnaître certains de ses comportements, à elle, lorsqu'elle avait dû faire face à quelqu'un qu'elle allait trahir. Elle avait trahi l'amitié, jadis, dans l'espoir de gagner l'estime de sa mère, ou pour se faire bien voir par les religieuses de l'école. Elle savait à cette minute qu'Hubert remplissait une sale mission.

Il avança une main faussement conciliante vers la sienne qu'elle ôta aussitôt.

— Je ne veux pas te sé-séparer de Victor, c'est mon ami. Mais comprends que ta mère aussi est mon amie. Débrouille-toi pou-pour ne plus te montrer avec lui, c'est tout. Ça arrangerait tout le monde.

Marie-Agnès se leva d'un bond et hurla :

— Paye les consommations, et fous le camp ! Tu viens faire tes petites manigances dans le dos de ton copain, hein ? On n'y touche pas au cher Victor, on aime mieux la détruire, la petite Marie-Agnès... Dégage, faux frère !

Hubert n'osait regarder ni à droite ni à gauche. Il prit l'air bonhomme de qui veut apaiser un simple malentendu pour retourner contre la jeune fille une sorte de calme apparent qui l'accuserait, elle, de n'être qu'une hystérique capricieuse.

— Ne te méprends pas, cocotte, tu mon-montes tout de suite le ton, tu fais des histoires. Comprends la si-situation, c'est tout ce qu'on te demande.

— Qui « ON » ? Dépêche-toi de payer que je saute dans mon train pour aller lui dire deux mots à ON !

— Ne fais pas ça ! supplia Hubert. Pour Victor, ne le fais pas !

Elle fonça au comptoir pour demander à la patronne s'il y avait un message de Victor.

— « Après-demain à l'heure habituelle. » C'est tout ce qu'il a dit.

Quand elle se retourna, Hubert avait disparu et le garçon empochait la monnaie.

25

Marie-Agnès n'avait pas eu le courage de sauter dans son train pour aller affronter sa mère. Elle avait préféré attendre d'avoir tout raconté à Victor et de connaître sa réaction.

Par la rue de Médicis, elle avait contourné le jardin du Luxembourg plongé dans la pénombre du soir. De semaine en semaine, à mesure que le jour gagnait des minutes sur la nuit, on fermait les grilles plus tard. Cette relation, au cœur de la ville, avec le cycle des saisons procurait une indéfinissable jouissance à la jeune fille. Elle avait observé cette coutume avec grand intérêt. A l'automne, son cœur se serrait d'entendre les gardes siffler dans les allées, chaque jour un peu plus tôt à mesure que l'on s'avançait vers le noir tunnel des fêtes de fin d'année.

Elle se rendit chez son amie, rue de Vaugirard. Ce ne serait pas un mensonge comme au temps des gelées, elle dormirait dans la chambre de bonne, au-dessus de la jolie terrasse ombragée de chèvre-feuille.

L'attente ressembla à une éternité. Marie-Agnès était incapable de se représenter Victor dans un conflit. Elle l'avait toujours vu de bonne humeur, voire insouciant. Allait-il tout bonnement rire de la démarche d'Hubert, se moquer du ravage que cela avait provoqué en elle, ou hausser les épaules pour marquer son indifférence ? Elle avait envie de le voir se fâcher tout en le redoutant. Elle craignait souvent d'atteindre les limites de sa patience. En crise, qui pouvait-il être ? Il allait sans doute la laisser se débrouiller. Il lui avait déjà reproché ses jugements trop sévères sur sa mère. Marie-Agnès finit par regretter son esclandre au Capoulade. Elle avait été encore une fois trop susceptible.

Elle refusa de s'enfermer avec Anne à la bibliothèque de la Sorbonne, mais lui emprunta de l'argent et s'en fut oublier, si possible, tout cela dans l'obscurité d'une salle de cinéma. Au Champollion, elle vit *Le Troisième Homme* en version originale. Elle en sortit pour entrer dans la salle voisine où elle revit *Les Vacances de M. Hulot.* Sur les quais, elle acheta au hasard un roman policier. Son inquiétude la rongeait. Ses peurs de petite fille craignant le courroux de quiconque avait sur elle une autorité remontaient. Qu'allait-elle devenir si Victor lui tournait le dos ? Remettrait-elle un jour les pieds à Louveciennes, penaude et repentante ? Cette idée la faisait suffoquer. Elle avait souhaité rompre définitivement avec eux, mais en était atterrée. Faire la paix avant la catastrophe, c'était renoncer au bel esclandre, à l'éclat magnifique, aux hurlements chargés d'insultes libératrices, c'était se soumettre encore et toujours. Elle préféra imaginer un accident de voiture où Élisabeth et Jacques Bauvy périraient sur le coup. Après tout, c'est dans un accident que sa mère avait perdu son propre père. Cela n'arrivait donc pas qu'aux autres.

On venait d'enterrer sa grand-mère en Normandie. Marie-Agnès avait trouvé dans le grenier de la maison une malle de vieux journaux d'avant-guerre. Il y avait aussi du courrier. Elle avait appris en les feuilletant des détails sur l'accident. L'homme, tué dans la quarantaine, n'aurait pas loin de soixante-dix ans aujourd'hui. Difficile de se dire, en le voyant si fringant pour l'éternité, qu'il était son grand-père. Passionné de courses automobiles, il avait été fauché par un bolide au pied des tribunes, ainsi qu'une vingtaine d'autres victimes. Élisabeth, sa fille, était alors dans sa seizième année. Marie-Agnès avait appris tout cela par sa grand-mère, mais, relatée dans des journaux qu'elle feuilletait, avec des photographies prises sur le vif, la catastrophe avait cessé d'être abstraite. Elle s'était inscrite brutalement dans sa propre histoire avec des détails qui allaient la poursuivre longtemps. Après tant et tant d'années, la tragédie envoyait toujours, bien qu'atténuées, des ondes de choc jusqu'à sa petite existence à elle. Il y avait des illustrations atroces du carnage provoqué par la Talbo sortie de piste, à plus de deux cents kilomètres à l'heure, pour avoir touché une roue de la voiture qu'elle tentait de doubler juste sous les tribunes. Cela s'était passé bien avant guerre, à Monza, en Italie, le jour du Grand Prix d'Europe.

Marie-Agnès rêvait d'accident. Elle se voyait disposer à son tour de la maison de Louveciennes et des biens de sa grand-mère... Mais un sursaut la réveilla de ses criminelles pensées. Une superstition la retenait, toujours la même : une mauvaise intention, une énergie maléfique dépensées contre autrui pouvaient se retourner contre soi.

26

Elle se rendit au Capoulade jambes flageolantes. Parfois Victor l'y attendait, un journal largement déplié devant lui à la page de l'Indochine... La hâte la pressait, ce soir. Affronter au
plus tôt sa réaction.
Ce fut clair, net et sans hésitation. Pourquoi en
avoir douté ?
— Le plus simple, c'est d'aller les surprendre
ensemble au bridge après-demain. Une petite mise
au point s'impose. Qu'en penses-tu, gamine ?
Elle n'arrivait plus à en penser quoi que ce fût.
Depuis cet abominable tête-à-tête avec Hubert elle
s'était crue tour à tour coupable ou dans son plein
droit sans jamais savoir à quel moment elle avait
raison. Elle n'arrivait pas à dominer le sentiment
permanent d'une honte obscure.
— S'ils se fâchent ? hasarda-t-elle.
— Nous serons fixés...
C'était le moment ou jamais de partager les res-
ponsabilités et d'aider Marie-Agnès à en prendre sa
part.
— Ne crois-tu pas que nous l'aurons cherché ?
Ils seront seulement laids et risibles d'avoir attendu
si longtemps.

Il pensait à Élisabeth.

Imprégnée d'hypocrisie, Marie-Agnès s'étonnait toujours de la franchise de Victor. Elle se représentait difficilement un être qui endosse les complications d'une situation dans laquelle il s'est mis de plein gré. La clarté de sa réponse la stupéfia. L'esclandre dont elle rêvait se profilait. Elle en jubilait, mais toutes sortes d'appréhensions la gagnèrent.

— Et... ça ne te fera rien ?

— Bien sûr que si. Mais le plus pénible est d'avoir entendu ce que tu viens de me raconter. Un coup de couteau entre les omoplates donné par un ami d'enfance, ça fait mal tout de suite. Dimanche ce ne sera plus qu'une mise au point.

Cette crise révélait l'usure d'Élisabeth Bauvy et il en éprouvait, malgré tout, une certaine satisfaction. Un lien continuait à les attacher, mais c'était celui de la déclaration de guerre.

Une pointe de gris dans ses yeux durcit la brèche de l'arcade sourcilière et marqua son visage d'une ombre furieuse. Il demeura songeur un instant, posa sa main sur celle de la jeune fille. Elle était froide. Il devina son désarroi.

— Ne nous racontons pas d'histoire aujourd'hui, si nous voulons être plus forts qu'eux dimanche. Tu le sais aussi bien que moi, en nous affichant, nous avons lancé un défi.

Il lui enseignait que lorsque les choses sont dites, c'est qu'on a eu le courage de les identifier, de les endosser pour les mieux dominer. Elles devenaient moins inquiétantes. Marie-Agnès répéta avec une volupté au goût de sacrilège :

— C'est vrai, on a lancé un défi.

Elle se sentit grandir en prononçant lentement chaque syllabe.

— Un défi, on n'a pas le droit de le perdre, renchérit Victor.

Une force nouvelle coula dans les veines de la jeune fille et la réchauffa. Mais elle ne mesura pas tout ce que cette situation révélait du dépit amoureux de Victor. Dépit qui était peut-être en train de se tourner en espoir. Un bras de fer était engagé entre Élisabeth et lui depuis tant d'années.

27

Ils entrèrent chez les Chevalier sans donner le rituel coup de sonnette qui déclenchait naguère des cris de joie de l'autre côté de la porte. Du vestibule, ils entendaient la voix d'Hubert reprocher comme un crime une mauvaise annonce. Sans sa rage d'homme sûr de sa logique il ne bégayait plus. A sa manière peu déférente de s'exprimer on se doutait qu'il s'adressait à son épouse. Un classique des belles heures de bridge dans ce petit groupe. Jadis Mimi fondait en larmes. Depuis elle avait appris à le laisser brailler...

Ils poussèrent la porte et le silence tomba d'un coup.

— Tiens ? dit Jacques dont la surprise semblait sincère, ce qui l'innocentait aux yeux des visiteurs, ça faisait longtemps qu'on ne t'avait vu, l'aviateur !

Il fit un petit signe de la main à sa fille dans lequel il n'y avait pas d'émotion.

— C'est vrai, ça, le séminariste ! répondit Victor. Beaucoup trop longtemps même. Tu permets que j'interrompe le Maître pour dire un mot à mes amis ?

Au lieu de parler, il les jaugea en silence, les poings dans les poches de son blouson, d'un regard que personne ici ne lui connaissait. Il n'exprimait que violence contenue, dureté, détermination. Tout cela masquait son chagrin. Debout devant ses amis et à quelques pas de la sortie, il avait l'air statufié, retenant le flot d'injures que dans un hangar il eût proférées à pleins poumons. Les muscles de ses mâchoires restaient crispés.

En retrait, Marie-Agnès, affolée, craignait presque que sa propre respiration ne fît trop de bruit, ne rappelât sa présence dans l'œil du cyclone qui se préparait. Elle ne savait pas tirer profit de son avantage au moment où elle assistait à l'esclandre dont elle avait tant rêvé. Elle évitait le regard de sa mère sans plus savoir si c'était pour lui cacher ses terreurs ou pour ne pas y lire la haine.

— As-ss-seyez-vous, au lieu de res-sster comme ça sssur le pas de la po-porte ! dit Hubert d'une voix presque suave.

— Dès que tu as planté le couteau dans le dos, tu brosses dans le sens du poil, toi ?

Victor avait fait plusieurs guerres, avait commandé des hommes dont il ne devait pas admettre certaines faiblesses en plein exercice, il avait affronté des situations où des choix graves avaient été vitaux. Cela se voyait, cela se devinait. On pouvait fort bien l'imaginer contraint d'évincer un pilote de son escadrille et s'acquittant sans état d'âme de cette tâche. L'ami rieur n'était plus parmi eux. Le meneur d'hommes leur faisait face.

Tous gardèrent le silence. Jacques interrogeait comme il pouvait, par des œillades à droite et à gauche, qui voulait bien s'intéresser à lui. Sa fille l'observait. Elle conçut à ce moment précis une tendresse insolite pour sa solitude au milieu d'eux. Les joueurs pétrifiés, cartes en main, ne s'occupaient pas de lui, ils étaient tournés vers les nouveaux venus, blêmes de stupéfaction, d'appréhension et sûrement de honte.

Hubert, épinglé par le mot vif de son ami, se tourna vers Élisabeth comme un mioche cherche auprès de sa nourrice un soutien inconditionnel dans un moment difficile, ou comme un saute-ruisseau aux ordres de son chef. N'importe, il dénonçait ainsi le rôle de cette femme dans son intervention au Capoulade.

— Alors, mon ami de toujours, lui dit Victor sans aucun sentiment dans la voix, qu'avais-tu oublié de me dire au téléphone, pour être allé tout de suite après trouver la petite au bistrot, hein ?

Les joueurs avaient quelque chose de ces collégiens fautifs que le surveillant général s'apprête à punir collectivement et qui attendent le pensum en silence. Jacques mimait les autres sans savoir ce qui se passait. Il n'osait plus se renseigner. Tous devinaient à l'expression de Victor qu'il venait leur dire adieu. Lui les regardait un à un, vidé des nostalgies qui l'avaient tenu éveillé une partie de la nuit.

— Tu voulais qu'elle me quitte ? Ah non ! excuse-moi, c'est la pauvre mère accablée depuis que sa fille s'affiche avec un vaurien. Toi, tu ne souhaites rien d'autre que de rester mon ami. C'est sans doute pour ça que tu ne m'as rien dit au téléphone. Si je me trompe, dis-le !

Il n'y avait même pas sur son visage un commencement de sourire pour montrer qu'il jouait. Rien que son regard rendu presque effrayant par l'arcade sourcilière défoncée. Un regard qui courbait le dos des joueurs. L'un après l'autre, ils déposèrent leurs cartes sur le tapis de feutre.

— Victor, répondit Elisabeth, d'une voix qu'elle essayait de rendre ferme et convaincante, vous arrivez du bout du monde dans nos habitudes, et vous

bafouez les valeurs que nous avons toujours incul-
quées à notre fille. Je ne peux vous laisser la per-
vertir, vous devez comprendre.

Cet appel à la morale lui donnait un peu d'assurance, mais achevait de la perdre aux yeux de Victor. En retrouvant son plein droit par ces quelques
mots, elle leva le regard vers l'aviateur engoncé
dans son blouson et bien campé sur ses jambes,
tête droite. Il affichait ainsi sa détermination. La
stature du pilote, l'ensemble de ses traits même
tendus par la colère avaient une séduction singulière qui faisait mal aujourd'hui à Élisabeth.

— Je vous croyais plus directe, plus franche... et
surtout plus subtile, madame.

— Mais de quoi s'agit-il ? demanda enfin Jacques
Bauvy d'un ton feutré, partagé entre le désir de
savoir et celui de traverser la crise sans en
connaître les profondeurs.

Victor se tourna vers la jeune fille et la prit par
la main pour la hisser au premier plan. Il fixa Élisabeth d'un œil dur.

— Vous avez laissé pour compte l'opinion de
Marie-Agnès. Vous oubliez qu'il s'agit de sa vie de
femme...

Hubert triait les cartes machinalement. Ses
gestes étaient ralentis comme si un choc entre les
lames pouvait provoquer une explosion.

Victor insista. Marie-Agnès était majeure et il ne
l'avait pas prise de force. Il n'avait d'ailleurs jamais
contraint une femme. Son regard fouillait celui
d'Élisabeth pour faire appel à leur passé. Elle fit le
geste d'ajuster sa chevelure dont aucune mèche
pourtant ne dépassait. « Une femme », avait-il dit
en parlant de sa fille, alors qu'il avait commencé
par « la petite » en s'adressant à Hubert. Ce fut
pour elle plus qu'une incongruité. Elle ne put

s'empêcher d'étudier furtivement cette enfant sortie d'elle. Elle ne la reconnaissait plus. Ses cheveux ondulaient sur ses épaules, et sa mise était celle d'un modèle de revue de mode. Même son maquillage lui changeait certaines expressions. C'était insupportable.

Sous les regards croisés de l'homme qu'elle aimait, de sa fille, des amis et de l'époux, Élisabeth était en train de vivre un des pires moments de son existence. Victor déchiffrait ses pensées dans la moindre variation de ses traits et ne perdait rien de sa chute dans le piège qu'elle lui avait elle-même tendu en lui interdisant de montrer ses sentiments. Nul ne pouvait deviner les combats intérieurs de l'aviateur. Son enfance lui avait appris à serrer les dents sur ses états d'âme. Se sentant devinée, Élisabeth baissa les yeux et rabattit son châle contre sa poitrine. Elle croisa ses mains comme une madone de plâtre. La voix de Victor la glaçait.

— Adieu, chers amis, je n'oublie pas ce que vous doit ma jeunesse. Nous continuions de croire que nous avions quelque chose en commun. Ce n'était qu'illusions. Dans vos habitudes, comme dit si bien Mme Bauvy, ma place devenait de plus en plus inconfortable. Mais je continuais de m'y accrocher. Nous nous y accrochions tous, au reste.

Ils avaient laissé à l'ombre des ruines de Château-Gaillard leurs rêves de gosses, l'essentiel de leur jeunesse. Ne restait que la Colombière pour rappeler le passé. Mais il y manquait maintenant le sentiment d'éternité qu'ils avaient connu au temps où les propriétés jumelles appartenaient encore aux deux familles Bauvy et Chevalier. Jusqu'au dernier jour des vacances, le portillon de bois restait ouvert dans la haie qui les séparait. Personne n'avait oublié.

Tous les « Tu te rappelles » de ses parents remontaient à l'esprit de Marie-Agnès à mesure que Victor parlait. Avaient-ils été peuplés de ces gens minables ? Sa jeunesse avait-elle été gâchée par ces pantins sans consistance ?

— Au moment où je pensais ne plus pouvoir m'insérer dans vos distractions, il a fallu que je découvre, ou plutôt redécouvre, cet oiseau rare que l'on empêchait de chanter.

Il saisit une mèche de cheveux de Marie-Agnès entre le pouce et l'index, ce qui donna une illusion d'apaisement car il y avait de la tendresse dans le geste.

— Le besoin de lui ouvrir la porte a été irrésistible. Et elle ne demandait que ça...

Il laissa la phrase en suspens. Marie-Agnès se tenait droite près de lui, petit soldat docile. Cela fit sourire Victor et détourner les yeux d'Élisabeth. Cet échange entre les amants paraissait si naturel et si simple qu'il en était enviable. Elle vit entre eux une force identique à celle que sa fille avait surprise dans le couple du café de Flore. Cela la mit presque au bord de la crise de nerfs.

Jacques Bauvy eut besoin de se raccrocher à ce qui était solide dans sa vie, immuable, éternel : son mariage. Il s'approcha de sa femme et posa ses mains sur ses épaules, l'air de dire « Ne t'inquiète pas... ». Elle se dégagea furieusement, les yeux rivés à celui qu'elle était en train de perdre. Victor trouva du piquant à la situation :

— Vous souvenez-vous, Élisabeth, que je n'avais pas osé prendre la petite dans mes bras, le jour de sa naissance ? Vous voyez que j'ai su attendre...

Il ne lui adressait pas un reproche, c'était pire. Il lui annonçait qu'il renonçait définitivement à elle.

Sa gorge devenait sèche, douloureuse. Elle n'aurait pu en sortir un son.

— Cesse de faire de la peine à ma femme, Victor ! finit par jeter Jacques. Si elle a été maladroite pour dire ce qu'elle pensait, tout le monde sait ici son souci pour l'éducation de sa fille.

Il baissa le ton :

— Moi, je n'y ai jamais rien entendu. Alors, adresse-moi tes reproches.

Les yeux de chacun se cherchèrent, se rencontrèrent. Jacques Bauvy, dans l'erreur de son interprétation des événements, inspirait du respect, même s'il y avait aussi de la pitié. Qui était dupe ici du duel amoureux entre Élisabeth et Victor, à part lui et peut-être sa fille ? Victor marqua un temps d'arrêt, hésita à blesser le mari, et prit son ton de galant homme :

— Vous étiez bien belle, ce jour-là, madame, dans votre grand lit, le bébé contre vous !

Par son regard et sa voix, il maintenait le visage d'Élisabeth Bauvy tourné vers lui. Elle recevait les messages secrets comme autant de flèches empoisonnées, mais guettait tout de même un indice, l'assurance de leur connivence demeurée intacte. Elle était écrasée sous le poids de la honte. Comme elle regrettait à présent d'avoir envoyé Hubert au Capoulade ! Victor leur disait adieu. Elle souffrirait désormais dans ce groupe médiocre. Jusqu'alors, on avait toujours échangé avec un plaisir impatient les nouvelles qu'il adressait pendant ses missions, on comptait ensemble les mois, les semaines, les jours, qui les séparaient de la fête de ses retours. Victor, sans le savoir, avait été l'âme de ce petit clan. Or, voilà qu'il s'en retirait avec mépris. Comment envisager de ne plus prononcer son prénom si ce n'est à voix feutrée comme pour les morts ?

159

On n'attendrait plus ses joyeux retours, on vivote-rait cartes en main chaque dimanche sans oser évo-quer le passé à Château-Gaillard. Élisabeth ne pourrait plus espérer les tornades, les grands espaces et les rêves que Victor apportait dans son sillage. Comment vivre privée de lui sans chanceler ? Elle entrevit sa solitude future et détesta sa vie. Pour la première fois aujourd'hui, la platitude de son existence lui fut une évidence, la présence de son mari, intolérable.

Elle éprouva une telle haine pour sa fille qui avait accédé à ses désirs à lui, et en était embellie, qu'elle souhaita leur départ, et au plus vite. Que la voiture, après tout, les fracasse dans un ravin. Elle se crut au bord de l'évanouissement. Pourtant, au lieu de chanceler, elle trouva l'énergie de se lever. Elle ne voyait plus le salon, ne se préoccupait plus de la présence des autres, ne discernait au milieu de cette pénombre tombée subitement autour d'elle que le visage affreusement dur de Victor. A sa hau-teur, elle essaya de croiser son regard et se heurta à son hostilité. La gifle qu'elle lui balança de toutes ses forces claqua sur la joue de Victor et fit sursauter Hubert et Mimi. Qui allait tuer qui, ici ? « Ma femme ! Ma femme ! » s'écria Jacques. Victor avait eu le réflexe de lui saisir à la volée sa main qui retombait. Il lui serra le poignet si fort qu'elle crut sentir ses os se rompre sous la pression. Il faillit la forcer à se mettre à genoux tant la tension entre eux était devenue forte, tant il la désirait. Pour la première fois, elle venait de s'offrir à lui par ce geste violent. Élisabeth, d'un coup de talon, éloigna son époux qui tentait de l'arracher, et elle hurla :

— Vous êtes encore en âge de vous faire remou-cher, mon garçon ! Parle-t-on comme ça à une femme ?

En lui lâchant la main, Victor lui fit un dernier cadeau empoisonné.

— Savez-vous, madame, que mes premiers émois d'homme, c'est auprès de vous que je les ai connus... justement ce jour où je n'ai pas voulu prendre votre fille dans mes bras, figurez-vous !

Il s'adressa à Jacques :

— Pardonne-moi d'avouer une telle chose, mais j'étais si jeune...

Il haussa les épaules et ajouta :

— Ta femme aussi, dans le fond, était bien jeune...

Il redressa le col de son blouson comme s'il sortait d'un hangar pour monter à bord d'une machine, et partir vers Dieu sait quel horizon.

Les amants n'entendirent pas un mot derrière eux en traversant le vestibule.

Dès que les bruits de moteur de la traction déclinèrent, Élisabeth, pour la première fois en présence d'autrui, laissa le flot de ses larmes s'échapper sans la moindre pudeur.

28

Le couple regagna Paris dans un silence presque absolu.

Marie-Agnès observait le profil de Victor. Il n'avait pas flanché. Le souvenir de cette scène la fascinait, la délivrait d'un poids indéfinissable sans cesser de la troubler. La gifle de sa mère ! Quelle fureur dans les yeux de la dame patronnesse, à cette seconde-là ! Avait-elle été magnifique, bondissant hors de toutes convenances. Comment Victor avait-il pu résister au besoin de lui rendre son geste ? Et pourquoi le compliment juste après cette violence ? Marie-Agnès ignorait que cet homme et cette femme ne s'étaient jamais exprimé si intensément l'attrait qu'ils éprouvaient l'un pour l'autre. La présence de leurs amis avait permis cet éclat, cet aveu, les avait retenus au bord de l'ivresse d'une étreinte. La jeune fille demeurait obsédée par l'intensité de leurs regards qu'elle avait crus haineux, et du geste vif de Victor s'emparant du poignet d'Élisabeth. Elle aurait aimé en faire autant.

— Ce qui est dit est dit, ce qui est fait est fait, il ne faut pas ruminer des regrets, gamine !

Victor posa sa main sur son genou, tandis qu'elle songeait.

Mais lui aussi pensait à ce qui venait de se passer. Il entendait les mêmes voix qu'elle. Il n'aurait su dire comment il avait fait pour suivre la bonne route depuis la boucle de Chatou-Croissy jusqu'aux portes de Paris. Il n'aurait pas cru pouvoir si aisément détacher les liens qui le ligotaient à Hubert Chevalier depuis l'âge de dix ans. Il y avait longtemps que son ami l'avait déçu. Déjà, tout juste breveté pilote de chasse, à son retour d'Amérique, Victor avait noté son manque de caractère. Mais on était en pleine guerre. Il n'avait pas voulu laisser derrière lui la moindre peine au moment où il allait peut-être à la mort. A chacun de ses retours, il avait constaté que son frère d'adoption s'installait davantage dans son rôle d'héritier satisfait. Surtout après son mariage avec une jeune fille convenablement dotée. Hubert s'épaississait l'esprit dans la routine de sa situation acquise sans efforts. Victor avait connu l'ennui en sa compagnie.

Il avait compris depuis longtemps qu'il n'était pas de ce milieu. Il n'en était pas exclu non plus. Il en connaissait les coutumes et les lois, mais sa naissance lui avait appris à tout considérer de l'extérieur. Il avait choisi un métier où la vie pouvait lui être ravie en moins d'une seconde. Étant de nulle part, il s'était longtemps cru beaucoup plus vulnérable que les autres. Il avait découvert les atouts de sa situation dans la solitude des cockpits. Dès son premier vol, sa vie avait pris un sens et cela lui avait multiplié ses forces, l'avait assis, non plus dans la société, mais en lui-même. Avec ou sans argent, avec ou sans position sociale, avec ou sans famille, il s'était fabriqué un axe intérieur trempé dans un métal solide.

Les heures heureuses de sa jeunesse étaient inscrites sur les visages, dans les rides et les regards de ceux qu'il venait de quitter. Ses rires d'enfant ricochaient encore sur la Seine, à l'ombre de l'imposante masse de ruines de Château-Gaillard. Ils étaient mêlés à ceux du petit bègue, son presque jumeau, moins hardi que lui et mieux protégé.

Un jour, en pleine adolescence, il avait voulu lâcher la vie. Son existence lui était devenue une charge, l'originalité de sa naissance une honte devant ses camarades bien nés. Pourtant, il avait retrouvé ses forces, seul. Entièrement seul. Grâce à sa formidable curiosité, à sa passion pour l'effort, la conquête. En ressuscitant du doute le plus profond, du désespoir le plus scabreux, à la fin de cet été-là, il s'était rué vers la ligne droite qui mène au baccalauréat. Son objectif : quitter la pension au plus vite et entrer dans la vie, la vraie, celle qui sollicite l'esprit autant que le corps, les ressources profondes de l'être humain. Il avait choisi une formation de pilote professionnel à Marrakech, tandis que son ami se préparait à reprendre l'imprimerie paternelle.

Personne ne pouvait comprendre son grand frisson, la valeur de son triomphe, chaque fois qu'il frôlait les subtiles limites de la vie aux commandes d'appareils qu'il soumettait à sa volonté. Une impression fulgurante de naître par lui-même chaque fois, de se posséder et de dominer le monde. La mort, à sa portée, il la taquinait du bout de l'aile, la moulinait dans les pales de l'hélice, lui fonçait dessus dans des piqués vertigineux. Toujours il avait le sentiment de choisir son retour à la vie, de la reprendre en vainqueur... Comme toutes les parcelles de son être existaient alors ! Les sentait-il se décupler, ses forces ! Il n'appartenait et n'appartiendrait jamais à personne. C'est dans ces moments-là qu'il en avait la certitude.

— Non, je ne rumine pas des regrets, dit Marie-Agnès dont il avait oublié la présence, je crois bien que je suis contente..., souffla-t-elle en se demandant si c'était tout à fait vrai.

Comment font certaines personnes comme Victor pour savoir tout de suite ce qu'ils éprouvent, et pour prendre des décisions sur lesquelles ils ne reviennent pas ? Quand elle avait une joie, la jeune fille était aussitôt traversée d'un doute qui la lui gâchait. Elle ne savait toujours pas faire de choix.

Pouvait-elle deviner, cette nuit-là, qu'en s'appliquant à lui donner du plaisir, et en prenant celui qu'elle lui donnait, Victor ne voyait que le regard ardent d'Élisabeth dans la nuit de leur chambre ? Élisabeth Bauvy le fixait une seconde de trop avant de lui balancer cette gifle admirable. Précieuse seconde... Elle sera belle, cette femme dans des bras aimants. Victor ne pouvait admettre que cela pût être ceux de quelqu'un d'autre. A présent elle était à bout, et elle allait faire quelque chose avant peu. Pour la première fois, il monta au plaisir en même temps que la fille, en ne pensant qu'à la mère.

29

Victor ne cachait plus ses soucis. Il commentait d'un air las ses obligations professionnelles, lisait les nouvelles d'Indochine avec une inquiétude grandissante. Sur une carte largement dépliée, il avait montré à Marie-Agnès où se situaient Hanoi et Haiphong. Avec son crayon, il avait survolé le Tonkin jusqu'à Diên Biên Phu. Il avait dessiné le plan du camp retranché et entouré d'un trait les points d'appui en les nommant un par un. Ils portaient des prénoms féminins romantiques : Béatrice, Anne-Marie, Gabrielle, Éliane, Claudine, Huguette, Dominique, petites collines au creux de la cuvette entre lesquelles serpentait la rivière Nam Youm. Pour faire écho à son scepticisme, l'envoyé spécial du *Monde* publiait en ce moment une série d'articles qui remettait en question la lucidité du commandant en chef de l'opération. Marie-Agnès s'efforçait de s'intéresser, mais elle avait du mal. Cela se déroulait de l'autre côté de la planète, et dans un pays dont elle ignorait tout. De jour en jour, Victor prédisait que les troupes françaises allaient au casse-pipe à Diên Biên Phu, mais cela n'éveillait ni la curiosité ni la compassion de la jeune fille. Elle ne constatait qu'une chose : depuis qu'elle le fréquentait, elle ne l'avait jamais vu aussi soucieux, lui qui avait l'habitude de contenir ses humeurs.

Elle était loin de deviner, de sentir qu'il se détachait d'elle. Donner des détails sur la guerre d'Indochine qui le hantait évitait de parler d'eux, détournait l'attention de leur petite histoire dont l'intérêt s'estompait depuis qu'un autre espoir s'était ancré en lui.

Il attendait Élisabeth Bauvy.

Sa gifle, il l'avait reçue comme une promesse d'autres corps à corps. Il y repensait avec une impatience imprévue.

Les rendez-vous de Victor et Marie-Agnès s'espacèrent sans rien enlever cependant à leur gaieté.

Ils riaient dans les rues de Paris. Leur complicité demeurait. La complicité de ceux qui n'ont pas partagé une grande passion, mais une belle amitié. Avec le printemps, les femmes renouvelaient leur garde-robe et cette coquetterie sous les premiers soleils rafraîchissait les villes aux vitrines affriolantes, revigorait les désirs. « Elles me trompent toutes... », s'esclaffait Victor exagérant son jeu de séducteur. Et Marie-Agnès s'amusait avec lui. Elle lui prenait le bras. Près de la Madeleine, un soir, il lui fit connaître un restaurant russe où ils burent de la vodka tout au long du dîner. Ils encouragèrent les chants des tziganes par des battements de mains. De leurs voix mâles et mélodieuses, les musiciens avaient jeté toute la nuit leur nostalgie aux clients subjugués dans une langue à laquelle ils ne comprenaient rien, mais qui les atteignait de plein fouet et les ensorcelait.

Marie-Agnès avait annoncé à Victor qu'elle

renonçait à ses derniers examens de licence. Elle voulait travailler au plus tôt dans le milieu aéronautique et lui demanda des conseils, son soutien et ses relations.

— Finis plutôt ta licence, elle te servira toujours, avait-il coupé.

La jeune fille s'était braquée. Les études, le train de banlieue, la bibliothèque et les amphithéâtres représentaient le prolongement de sa prison. Elle était prête à apprendre n'importe quel métier sur le tas, pourvu qu'il la mît en contact avec les avions, et les vagabonds du ciel.

— Marie-toi, lui avait répondu Victor. Ensuite, trompe-le si le cœur t'en dit. Mais la société n'est pas faite pour les femmes seules. Je suis bien aise de savoir que ma femme va se remarier dès que le divorce sera prononcé... Elles sont condamnées à une vie trop dure, les femmes seules. C'est toute la société qu'elles doivent affronter sans faillir. On ne les invite plus dans les dîners. Quant à leur vie professionnelle, elles sont obligées de s'y battre plus que les hommes pour arriver à quelque chose. C'est un monde cruel qui les attend. Réfléchis à ça, gamine, tu n'as que quelques années pour assurer toute une vie, ne l'oublie pas.

— Toi aussi, tu parles comme ma mère ?

— Ça se pourrait bien... Mais moi, je n'irai jamais te conseiller de rester fidèle et rétrécie dans l'ombre d'un mari, s'il est ennuyeux.

— Tu es carrément immoral !

Ils flânaient sur le boulevard Saint-Germain, un soir, et passèrent devant le Flore. Marie-Agnès jeta un coup d'œil vers la terrasse en songeant au couple d'amoureux qui lui avait envoyé sans le savoir de beaux rêves douloureux. Elle aperçut

alors le jeune homme nonchalant à qui elle avait
laissé l'addition, l'autre jour. Aussitôt l'excitation
malsaine de son attitude fuyarde la reprit. Comme
une gosse, elle s'attendit à voir les gendarmes la
cerner et ne put s'empêcher de raconter la scène à
Victor pour obtenir de lui un pardon ou une béné-
diction. Il lui fallait, pour sa paix, qu'il eût sur cette
démarche folle un regard complice.

Ils arrivaient à la place de l'Odéon quand elle
terminait son histoire.

— Tu dis l'avoir revu, le type en question ?

— Oui, à la même place d'ailleurs, ou presque.

— Ce qui me choque, dans tout ça, c'est ton
départ en trombe. Ne fais jamais petitement des
choses hors la loi, gamine, ça te rétrécit. Sois
grande, digne, noble, quand tu agis, bon sang !
Moi, une femme qui me ferait ce coup-là me séduirait vraiment si elle partait sans précipitation et tête
haute. Je me demande si je ne la rattraperais pas
pour lui offrir le dessert. Tandis que toi, tu donnes
envie de lancer les chiens à tes trousses. Je veux le
voir, ce type, et l'inviter à déguster des fruits de
mer, du caviar, ou boire avec nous du champagne,
n'importe ! Faisons demi-tour.

De nouveau devant le Flore, Marie-Agnès désigna le jeune homme placide qui semblait continuer à battre la mesure de la chanson qu'il fredon-
nait déjà l'autre jour en tapant de l'ongle sur son
guéridon. Victor tomba en arrêt.

— Tu as fait ça à Mouloudji ? Va tout de suite le
trouver, lui parler, et lui proposer un festin, s'il te
plaît ! On l'invite à dîner, ce soir, ou je ne te revois
plus, sale gamine !

Ainsi, Marie-Agnès connut-elle une célébrité au
Flore et dîna-t-elle à ses côtés. Le chanteur-poète
leur offrit deux places pour son prochain récital à

l'Olympia. Mais ni Victor ni Marie-Agnès ne se doutaient qu'ils prenaient leur dernier repas ensemble et que jamais ils ne se rendraient à l'invitation de Mouloudji.

30

A la réception de l'hôtel, Victor trouva un message. Il le prit discrètement tandis que la jeune fille commençait à monter l'escalier. Dès qu'il entrevit la signature d'Élisabeth Bauvy, il le replia sans l'avoir lu. Arrivé à la chambre, il prétexta un oubli et descendit lentement pour contrôler son émotion. Entre ses doigts, sur la feuille pliée en quatre, quelques mots de la main d'Élisabeth ouvraient son horizon ou l'aveuglait à tout jamais. Il ne pouvait hâter le pas malgré son impatience. Il s'installa dans sa traction et lut enfin, à la lumière du plafonnier : « M'inviterez-vous à dîner demain soir ? » Il demeura hébété au volant comme s'il venait d'entrer dans une nappe de brouillard. La réalisation de son rêve était à l'autre bout de la nuit, à l'autre bout de la journée qui allait se lever dans quelques heures. Il ne fallait pas en rester prisonnier maintenant. Il eut un vertige. Que les heures seraient longues jusqu'au lendemain soir ! De l'habileté, de la souplesse, encore de la patience, se dit-il en repliant le billet. Il luttait contre l'euphorie en roulant et déroulant nerveusement la feuille de papier, en lui cornant les coins. Il resta un long moment, songeur, et douta même d'avoir bien lu.

Il vérifia. Les mots étaient bien de la main d'Élisabeth Bauvy. Il s'en pénétra avant d'allumer son briquet et de l'enflammer. Il jeta la petite torche par la fenêtre, ne la quitta pas des yeux jusqu'à ce qu'elle fût en cendres et attendit encore, le temps d'apaiser son affolement. Son regard perdu dans la nuit, il revit une Élisabeth rendue furieuse parce qu'elle croyait le perdre, lui, le bâtard.

Quand il revint dans la chambre, il avait l'air encore un peu stupide. Marie-Agnès, déjà couchée, s'étonna.

— Tu as trouvé ?

— Non..., répondit-il en écartant les mains dont l'une restait refermée sur le briquet. Je voulais vérifier les dates de mon stage à Mont-de-Marsan. Je te laisserai un message au Capoulade.

Avec son briquet dans la main et sa mine d'abruti, il parut suspect.

— D'habitude tu connais ton emploi du temps.

— C'est comme ça, s'impatienta-t-il, aujourd'hui j'ai besoin de mon agenda.

Ce premier soupçon qui n'était encore qu'un simple étonnement, à peine effleura-t-il la conscience de la jeune fille qu'il s'évanouit. Victor dispersait ses vêtements à mesure qu'il les ôtait, l'air préoccupé.

— Je suis K.O. ! lança-t-il en s'affalant sur le lit. Bonsoir gamine !

— C'est Mouloudji qui te fait cet effet-là ? s'esclaffa-t-elle.

Il ne répondit rien et se tourna du côté du mur en lui faisant des petits signes de la main comme s'il partait dans les nuages en la laissant à terre.

31

Près des Champs-Élysées, un restaurant feutré au premier étage d'un immeuble cossu donnait sur une large cour silencieuse. A chaque table une faible lampe invitait aux chuchotements. Même le personnel murmurait en prenant les commandes.

Victor et Élisabeth se taisaient, installés le plus loin possible du va-et-vient des serveurs. Élisabeth avait encore maigri. Cela lui donnait la grâce nonchalante des convalescents. Victor y reconnaissait l'aveu de toutes ses faiblesses que voulaient encore et toujours démentir son col empesé et doublement fermé par un bouton, et la lavallière assortie au corsage. Il était tellement bouleversé d'avoir obtenu enfin ce tête-à-tête et de la voir si fragile et intimidée, qu'il n'arrivait pas à retrouver sa légendaire décontraction.

— M'avez-vous pardonnée ? souffla Élisabeth sans oser le regarder et en réajustant ses couverts qui n'avaient d'ailleurs pas été dérangés.

— Je n'ai rien à vous pardonner. Nous étions tous un peu nerveux, n'est-ce pas ? J'avais à dire des choses importantes et je les ai dites. Vous aviez à m'en exprimer d'autres et vous n'avez pas su le faire autrement. J'espère les avoir devinées assez bien pour n'être pas en situation fausse, ce soir.

Le silence retomba entre eux. Ils s'observaient à la dérobée, buvaient de temps en temps une petite gorgée de champagne. Avant que le malaise ne s'installe, Élisabeth parla d'une voix faible.

— Il fallait que je vous dise quelque chose de très précis et qui est très important pour moi. Ensuite nous ne nous verrons plus, puisque telle est votre volonté...

— Parlez-moi tant que vous voulez, mais de grâce, ne me giflez pas ici, c'est tout ce que je vous demande...

Sa voix flottait au-dessus de leur table comme une vapeur. Il y avait longtemps qu'Élisabeth se demandait comment la définir. A ce moment, elle pensa qu'une voix pouvait se comparer à un parfum. A quelle senteur se rapprochait donc la sienne, si prenante tout en étant légère ? Elle la savourait d'autant plus qu'elle avait cru pendant plus de deux semaines ne plus l'entendre jamais.

— Vous voyez que vous ne m'avez pas pardonnée, dit-elle en s'affaissant sur elle-même. Je voudrais n'avoir jamais fait ce geste qui m'a échappé.

Il se pencha vers elle, le visage ouvert, indulgent, et il baissa encore le ton pour souffler :

— Si je vous en remercie, Élisabeth, me croirez-vous ? C'est grâce à cet emportement que j'ai pu espérer vous retrouver.

— Ne croyez-vous pas que trop de choses nous séparent maintenant, pour nous retrouver comme avant ?

— Comme avant, certainement pas ! D'abord je n'en ai pas le désir, ensuite vous devez bien vous douter que ce n'est plus possible. Mais différemment, oui. C'est-à-dire hors de l'étouffoir de votre petite société.

Habituée à ne dire l'essentiel avec lui qu'entre les phrases, elle éluda, effrayée d'aller plus loin et d'être obligée de prononcer les mots qui redonneraient corps à la liaison de Victor avec sa fille. Elle essayait éperdument de nier ces liens mais en était obsédée. Comment avait-il pu lui faire ça, à elle ? Elle le regardait en cet instant comme un bien très cher qu'elle croyait avoir perdu et qu'elle adorait, ce soir, avec repentir. Le repentir d'avoir raté quelque chose d'important avec lui mêlé à celui de l'aimer trop en ce moment, et à contretemps. Comment faire fi de sa trahison ? Elle conservait encore au fond de la bouche le goût âcre de tous les ressentiments qu'il lui avait inspirés ces derniers mois.

Ce rendez-vous, elle l'avait souhaité, s'imaginait-elle, pour lui dire juste une chose essentielle de sa vie à laquelle il était lié sans le savoir, une chose qui l'aiderait à la comprendre sans doute, à faire le point avant un adieu... mais ce quelque chose l'épouvantait maintenant qu'elle était libre de le formuler. Combien de fois avait-elle tourné les phrases au fond d'elle-même avant de lui adresser le petit bleu à son hôtel ? Elle s'était préparée pour en arriver à les dire le plus naturellement du monde, mais son esprit se brouillait, sa mémoire lui faisait défaut, ses nerfs la lâchaient. Elle avait froid dans ce lieu douillet. Jamais elle n'avait été dans un état aussi désespéré. Elle quittait la route bien tracée des convenances pour la première fois. Il n'y avait plus pour référence le guide de la bienséance. Chaque mot, chaque geste devait s'improviser selon une nécessité profonde, un sentiment vrai. C'était laborieux et effrayant ! Elle se sentait démunie, seule... Pour tout compliquer, Victor, en face d'elle, ne ressemblait plus à celui qui avait l'air

175

de vous souffler le ciel entier dans la pièce en trois ou quatre respirations, il n'avait pas cette allure d'aventurier qui porte les montagnes et les mers comme un sac à dos, il n'avait pas son blouson d'aviateur mais un costume élégant avec un nœud papillon. Ne restaient, semblables à eux-mêmes, que ses cheveux en vagues folles. Cet homme raffiné qui avait choisi pour leur premier dîner un tel cadre où l'on susurrait ce que l'on avait à se dire, elle croyait le connaître depuis longtemps mais, ce soir, il la déroutait comme un étranger.

— Que vouliez-vous me dire de si important ? demanda-t-il en avançant la main vers elle.

Cette main avait caressé sa fille. Elle n'était qu'un serpent trompeur entre les couverts et les verres qui allait la blesser en touchant la sienne. Ses amertumes de l'hiver remontèrent d'un coup. Elle s'empara de la serviette pour étouffer les sanglots qu'elle ne savait plus retenir. Ils l'étranglaient. Depuis l'esclandre chez les Chevalier elle n'avait cessé de pleurer. Incapable de formuler une parole, elle suffoqua, le visage enfoui dans sa serviette.

Victor leva la main vers le maître d'hôtel.

— Nous revenons d'ici une petite heure. Voici ma carte d'identité.

Il y joignit un billet et se leva pour aider Élisabeth à se ressaisir et traverser dignement le restaurant jusqu'au vestiaire.

Ils descendirent les Champs-Élysées sans qu'Élisabeth puisse se calmer. Victor la serrait contre lui comme on accompagne un être cher frappé de deuil. En silence. Mais il songeait : si la carapace cède, il n'y aura plus de belles apparences, plus de morgue. Elle va bien être obligée de changer. Ses espoirs se ranimaient, des sentiments contradictoires l'assaillaient au rythme des sanglots qui secouaient sa compagne. Il ne pouvait s'empêcher d'éprouver aussi une jubilation. L'avait-il attendue cette crise ! Tout l'hiver, il avait œuvré avec Marie-Agnès pour qu'elle éclate. « Brave petite... », se dit-il en pensant à la jeune fille qu'il avait envie de congratuler. Cela bouscula sa mémoire : « Il faut que je donne un coup de fil au service personnel d'Air France... »

Élisabeth fit un faux pas sur le passage clouté du rond-point.

— Avec ce linge sur vos yeux, vous n'y voyez rien, calmez-vous, jolie madame.

Il lui dégagea le visage comme on ôte un masque. Elle détourna son visage dans son col. Alors, il glissa sa main au chaud de sa nuque qu'il moula pour la maintenir sans brutalité. Il la força à lui faire face. Les yeux étaient gonflés, les joues boursouflées, rouges.

— N'avez-vous pas encore compris que vous pouvez tout me dire pourvu que ce soit sincère ?

Elle bafouilla, renifla. Depuis plus de deux semaines, elle avait rêvé de parler, elle s'était cru assez forte pour cela, mais elle demeurait muette, effrayée par les mots, accablée par la honte.

— Ne me regardez pas, Victor, je suis défigurée.

— Vous n'êtes pas à votre avantage, en effet, mais savez-vous que vous me touchez, ainsi ? Je la vois enfin vivante, cette figure. Allez, parlez maintenant.

— Vous m'avez tuée, l'autre jour, en me jetant au visage ce que vous m'avez dit.

Chacune de ses flèches déguisées en phrases convenables avait eu un poison à sa pointe, il le savait. A laquelle plus particulièrement faisait-elle allusion ?

— Votre premier émoi d'homme, avez-vous dit...

Elle ne put achever, enfouit son visage dans la serviette en grelottant. Ils reprirent leur marche, serrés l'un contre l'autre, traversèrent la Seine, longèrent les quais jusqu'à la noire gare d'Orsay. Un clochard, bouteille en main, leur jeta des vœux de bonheur. Dans un petit bistrot, ils commandèrent une assiette anglaise à laquelle Élisabeth ne toucha pas.

— Vous êtes à bout, il vous faut de l'air, du mouvement, un changement total pour vous reconstruire, lui conseilla Victor.

Au moment où il parlait, une idée lui vint. Un coup de folie, sans doute. Mais la démarche d'Élisabeth, ce soir, pouvait laisser croire à quelque arrière-pensée. Il fallait y répondre, proposer un projet. Pourquoi n'irait-elle pas faire une cure à Dax pendant qu'il serait en stage, lui, à Mont-de-Marsan ? Il viendrait la voir aussi souvent que possible.

Pour toute réponse, elle le supplia de la ramener à Louveciennes. Elle voulait dormir, dormir sans fin, ne plus penser à rien.

Jusqu'à son départ, il eut besoin de solitude. La veille seulement il se rendit au Capoulade, le temps d'un apéritif. Habité par Élisabeth, il fut aimable et lointain avec « la petite », mais il avait pour elle une bonne nouvelle : M. Capel, chargé du recrutement à Air France, la recevrait en vue d'un entretien la semaine suivante. La joie aveugla la jeune fille sur le reste.

— Et puis, en mon absence, tu pourras aller à Buc autant que tu le désireras. Tu t'y es fait une place et ils auront encore besoin de toi avant la remise en service du Stearman... Travaille pour deux, gamine, on a prévu de le faire voler début mai. Il reste un peu plus d'un mois.

En la quittant, il l'embrassa avec nostalgie. Mais il ne pouvait plus s'attarder, l'idée qu'un petit bleu l'attendait à son hôtel le poussait hors d'ici.

32

Le lendemain de son installation à Mont-de-Marsan, Victor reçut un message d'Élisabeth Bauvy. Elle s'annonçait au train du surlendemain. Hubert, écrivait-elle, avait tout arrangé pour que Jacques, lui-même très inquiet de sa santé, la pousse à partir. Dax était une bonne idée, avait-il ajouté. Les choses s'étaient orchestrées à « leur avantage », osait écrire Élisabeth. « Sacré Hubert ! murmura Victor en terminant sa lecture, toujours au service des petits coups en dessous... »

Victor était au train de 8 h 02. Quand Élisabeth l'aperçut, stature déliée et saine, visage hâlé par le grand air des terrains d'aviation, il y eut un charivari dans toutes les émotions qu'elle avait comprimées jusque-là. Lorsqu'elle était enfant, le train en quittant la Normandie refermait chaque été les pages du calendrier des vacances de la fillette et de sa mère. Il les déposait avec la foule à la gare Saint-Lazare. Le fleuve humain longeait les wagons jusqu'à la locomotive et s'éparpillait dans la salle des pas perdus. Au bout du quai, immobile, le regard fouillant la multitude, son père les attendait, élégante silhouette mince dans son costume d'été. Élisabeth avait des envies folles, l'apercevant, balise fixe et blanche que contournait le flot anonyme, de bondir dans ses bras. Mais on jugeait mal, chez elle, les démonstrations et elle domptait son cœur, repoussait sa trop grande joie jusqu'à éprouver une sorte d'indifférence au moment où il se penchait sur elle avec une chaleureuse retenue.

Il n'y avait plus jamais eu de ces emballements au fond d'elle à la descente d'un train depuis. Fallait-il qu'à la quarantaine, parmi des centaines d'inconnus sur un quai de gare, un homme qu'elle aimait réveillât des émois inimaginables et qui la paralysaient ? Jadis, c'était elle qui marchait dans le même sens que la foule vers celui qui l'attendait. Aujourd'hui, incapable d'un seul geste, elle suffoquait presque, attendant l'homme qui remontait le courant humain pour l'atteindre. Le regard de Victor tendu vers elle l'encourageait à toutes sortes de débordements. Mais les liens invisibles que son éducation avait attachés à ses poignets pour les maintenir le long de son corps restaient solides. Elle fut soulevée du quai, statue aux mains soudées à ses flancs, et la foule s'évanouit autour d'elle. Hissée au-dessus de Victor, elle baissa son regard à la recherche du sien, contempla ce paysage humain si familier et qui avait l'air complètement nouveau, presque inconnu. Les expressions des yeux et du sourire rayonnaient d'un éclat qu'elle ne reconnaissait pas. Elle se mit à rire tout doucement, par petits hoquets, comme une enfant.

Ils sortirent de la gare parmi les derniers voyageurs. Élisabeth leva légèrement le visage pour humer le souffle de l'air imprégné de la senteur des pins. Le dépaysement la ravit. Victor l'entraîna vers une 4 CV stationnée le long d'un massif.

— C'est tout ce dont je dispose, ici, pour mes déplacements...

A l'hôtel ils s'attardèrent devant un petit déjeuner sans savoir de quoi parler, intimidés l'un par l'autre. En avaient-ils rêvé de se retrouver ainsi face à face. A peine pourtant s'ils osaient se regarder. Elle monta se détendre dans sa chambre, lui s'immergea dans ses livres techniques et oublia le reste.

La faculté de cloisonner ses moments et ses humeurs l'avait beaucoup servi dans son métier. Il savait s'extraire de n'importe quel état d'âme pour se mettre au travail, ou s'abandonner au sommeil. Il se calait sur une chaise ou dans un fauteuil, sur une couche en dur ou un matelas de laine, et dormait profondément quelques minutes. Puis il travaillait. Avec son air de chercher les plaisirs et d'aimer la vie facile, Victor Louzelergue était un travailleur. Il ne savait ni perdre son temps ni s'ennuyer.

Victor referma ses documents à la vue d'Élisabeth rafraîchie dans une tenue sobre et élégante. Sa robe bleu marine au corsage serré à la taille s'évasait en un plissé classique. Sur le grand col blanc décolleté en V elle avait agrafé une broche en or ponctuée de perles. Son premier mouvement de coquetterie.

A pied, ils firent connaissance de la ville, déambulèrent dans les rues étroites et revenaient toujours à la rivière comme on retourne à ce qui est familier dans une situation un peu déroutante. Tout au long de l'après-midi, ils découvrirent des vestiges romains, s'attardèrent à la fontaine chaude près des bords de l'Adour, puis contournèrent les arènes et revinrent au Trou des pauvres sur le quai, comme s'ils ne pouvaient apprivoiser cette ville qu'en gardant un contact permanent avec sa rivière.

33

Mais plus les heures passaient, plus Élisabeth montrait des signes de nervosité, d'inquiétude, de méfiance. Victor la sentait tendue, rétive par moments. Au matin elle l'avait laissé lui prendre le bras pour flâner, mais à présent, elle refusait son contact, plus crispée à mesure que le soir approchait. Sa curiosité pour la ville ne semblait plus que feinte. Il la questionna.

Ce fut un nouveau travail de patience, mais elle finit par avouer que l'image de Marie-Agnès enlacée à lui dans les rues la hantait, lui gâchait sa promenade. Il lui devenait intolérable de s'appuyer au bras de l'amant de sa fille. Elle ne pouvait croire en la sincérité des sentiments qu'il exprimait depuis le matin. Les mêmes sans doute qu'il avait montrés à chacune des femmes qu'il avait courtisées. Pourquoi avait-il fallu que sa fille, de surcroît, fît partie de son tableau de chasse ?

— Pour commencer, répondit-il, je n'ai pas de tableau de chasse.

Puis il chercha ses mots.

— J'appartiens d'abord à la liberté, à mon métier d'homme volant. Cela ne m'empêche pas de connaître la tendresse et d'autres attachements encore plus forts.

Il avança de deux petits pas pour lui barrer le chemin.

— Ce qui n'est peut-être pas votre cas, chère amie...

— Combien de fois vous ai-je vu accompagné d'une figure de catalogue ? coupa-t-elle durement.

— Et j'ai feuilleté les catalogues...

— Où est l'amour, alors ? le respect ? Qui suis-je, moi, près de vous ? Avez-vous terminé de feuilleter le catalogue de ma fille ou bien en êtes-vous seulement à la page du milieu ? Le posez-vous, le temps d'ouvrir un peu le mien ? Vous apprêtez-vous à faire des comparaisons ?

Elle s'arrêta, considéra les alentours comme un être égaré à la croisée des chemins.

— Dans quelle situation, Seigneur, me suis-je fourvoyée ! souffla-t-elle en levant les yeux au ciel.

Elle reprit sa marche, envahie par les pensées les plus contradictoires que connaît quiconque sur le point de prendre une décision contre laquelle il lutte.

— Montez-vous une bibliothèque de catalogues ? lui lança-t-elle.

— Du haut de quels grands sentiments me parlez-vous ? Depuis des années, vous vivez auprès d'un homme pour lequel vous ne cachez plus votre dédain, et dominez une enfant qui vous vénère mais que vous n'aimez pas... A quelle morale prétendez-vous appartenir ?

— Je vous interdis de me parler de mes relations avec ma fille ! Elle a pu vous dire tout ce qu'elle a voulu dans l'alcôve. Aimez-vous votre fils, par hasard ?

— Ce doit être héréditaire, je n'ai pas l'âme paternelle. Et je ne vous reproche pas de ne pas aimer votre fille, cessez de vous donner en exemple, ça vous rendra plus crédible.

Elle le regarda, interdite. Après tant d'heures d'une exquise courtoisie, il pouvait lui assener des mots aussi sévères ? Elle n'eut rien à lui rétorquer.

— Vous me reprochez les femmes, mais vous oubliez que j'étais épris de vous en rentrant d'Amérique. A vingt-deux ans je vous retrouvais dans la beauté de votre trentaine. Mais il y avait pourtant quelque chose de changé en vous qui m'attristait. Une raideur. Vous m'avez appris à vous laisser deviner mes émois dans des conversations apparemment anodines. Nous jouions à ces frôlements des cœurs et des corps qui s'épient sans le montrer, se caressent sans se toucher. Eh bien, figurez-vous que j'ai pris goût à ce petit jeu. Encore une perversion que m'apprenait une femme. Vous qui avez desséché votre vie, vous parlez de beaux sentiments ?

Il ne pouvait plus se taire et chacun de ses mots était reçu comme un coup.

Il avait tout fait pour se détacher et rencontrer les plus belles femmes du monde que ses ailes de pilote épataient plus qu'elle. Il l'avait détestée parfois tant elle le décevait dans sa vie routinière et sans élans au fin fond de sa banlieue de luxe. Mais toujours elle lui réapparaissait en plein ciel entre deux nuages, ou dans le reflet d'un lac de montagne vers lequel, du coup, il avait envie de piquer. Elle lui adressait aux moments les plus imprévus son sourire réservé qui l'avait si profondément touché, jadis, et qui avait disparu depuis des années. Ces apparitions le sortaient de sa solitude. Élisabeth Bauvy reprenait possession de lui, même quand il se croyait attaché ailleurs.

Il marqua un silence et suivait des yeux la ligne du soleil et de l'ombre sur les flancs des arènes. Il sentait contre lui l'épaule, le bras, l'épaisseur des vêtements d'Élisabeth. Elle non plus ne pouvait parler. La voix de Victor soudain se fit plus profonde, plus ferme aussi.

— En vous disant que je vous ai toujours aimée, j'ai un peu menti.

Il l'avait perdue de vue, même dans ses songes pendant son séjour au Tonkin. Une passion pour une Eurasienne. Avec elle, il avait su ce qu'est une femme qui se donne. Elle faisait de tous ses mouvements, de toutes ses attitudes un moment de grâce unique, et de chacune de ses caresses, un objet d'art qui cesse d'exister aussitôt que conçu. Il avait été envoûté. D'elle sûrement, Élisabeth pouvait être jalouse. De sa fille, non. Marie-Agnès, sans le savoir, leur avait permis de se retrouver aujourd'hui, car il n'avait plus souhaité jouer les petits amoureux éconduits après cette passion. Surtout pour une bourgeoise devenue cassante dans ses certitudes de cheftaine, et qui menait ses bridgeurs au doigt et à l'œil. Par chance, il y avait eu Marie-Agnès entre eux dès son retour. Elle avait été la présence nécessaire pour son adaptation à la vie française. Sa fille, par sa révolte, lui avait fait toucher l'infinie détresse dans laquelle vivait leur famille. Elle lui avait permis de réaliser qu'Élisabeth était enracinée en lui, bon gré, mal gré, dans un territoire intérieur qu'aucune autre femme n'avait jamais su investir.

— Qu'est venue faire ma fille dans cette histoire ?

— Je ne lui ai jamais dit que je l'aimais, et elle ne me l'a jamais dit non plus. Ce ne sera pas un problème de la quitter, mais ne me demandez jamais de la renier.

— Rentrons à l'hôtel. Tout cela me bouscule, me retourne, j'en perds la raison. Aussi bien reprendrai-je le train de nuit.

186

— C'est la première fois aujourd'hui que nous parlons de nous sans faux-fuyants, que nous mettons des mots sur ce que nous laissions dans les sous-entendus... Est-ce pour cela que vous ne le supportez pas ?

Il fut ferme : qu'elle décide selon son désir. Demain, il retournerait voler, sa vie continuerait comme avant. Mais plus jamais il ne jouerait les sous-marins en société pour lui plaire.

34

Élisabeth redoutait sa franchise, cette brutalité du verbe qui interdisait à la pensée de s'embusquer. Mais comment faire fi de son attrait pour l'aviateur ? Un attrait plus fort que sa volonté, et dans lequel elle pressentait des joies. Pourrait-elle oublier la somme incalculable de ses rêves où l'entente entre eux était totale ? Sa raison admettait que le rêve fût illusoire, mais elle ne pouvait plus lutter contre le magnétisme. Vertige exquis et douloureux.

Tremblante et émue, le soir de ses noces, ignorant la folie des étreintes et des corps mêlés, après quelques mois de sages fiançailles, elle était entrée dans la chambre. Sa mère lui avait parlé, la veille : « Tu le laisseras faire, ma fille, si tu veux que Dieu bénisse votre union », avait-elle ordonné en ajustant ses jupons aux derniers essais de la robe blanche. Ces mots sur un ton sibyllin et avec un regard fuyant avaient ressemblé à une menace. Élisabeth n'avait pas osé une question. Trop de mystère impose le silence devant une mère quand il touche à la pudeur.

La nuit. Les jeunes mariés côte à côte dans un grand lit, immobiles. Une atmosphère de crime ou de catastrophe épaissit leur silence. La main de Jacques sur elle tout d'un coup. Leurs deux respirations retenues et oppressées. Chacun épie l'autre. Brusquement, le jeune marié sur elle lutte contre le fin linon de la chemise de nuit, affronte la révolte de la vierge. Des assauts incongrus, laids, effarants, maladroits. Les cris bloqués au fond de la gorge d'Élisabeth. Puis le calme. Plutôt de mâles sanglots étouffés dans l'oreiller voisin. Entre deux hoquets, le jeune marié demande pardon et murmure « je t'aime ». Elle grelotte, incapable de reconnaître ce qui, en elle, vient d'être broyé. Ses sanglots à elle ne peuvent pas sortir. Oubliera-t-elle jamais ?

La femelle qu'elle voulait ignorer en elle, qu'elle reniait depuis toujours, réclamait de vivre maintenant. Elle avait reconnu son mâle à la descente du train. Elle ne s'appartenait déjà plus et laissait des projets flotter en elle. Elle s'interdirait de penser à sa fille pendant trois semaines, ne vivrait que l'instant présent, et s'enfuirait dès la première souffrance.

Tandis qu'elle songeait, Victor consultait ses propres doutes en marchant sans but dans le parc. Il venait de jouer à la roulette russe avec sa franchise. Il avait peut-être perdu Élisabeth. Tant pis. Aussi bien en était-il plus lassé qu'il ne le croyait. Il n'était pas loin de souhaiter le départ de la dame patronnesse. Pourtant, si près du but, il espérait encore un peu, un tout petit peu.

Une cohorte d'aviateurs et de mécaniciens, des hommes qu'il avait aimés vinrent tout à coup peupler son esprit, l'envahir tout entier. Même ceux qui étaient morts depuis longtemps. Ils allaient et venaient sur le terrain, entraient et sortaient des hangars. Il y avait ceux qui montaient à bord, engoncés dans leur blouson et qui levaient la main. Geste d'adieu avant de mettre les gaz... Il se vit bientôt lui-même dans le ciel d'Angleterre. C'était peu après la guerre. Il ressentit presque à nouveau le grand choc dans toute sa carlingue, et dans les fibres de son corps. Son ailier droit venait de le heurter. Il n'oubliera jamais le choc. D'urgence il avait fallu se poser dans un champ. Il avait capoté à l'atterrissage. A l'hôpital, on lui avait appris la mort de son ami dont l'aile s'était cassée en plein ciel. De cet accident, Victor gardait à jamais l'empreinte sur le front. Son ailier l'avait marqué dans sa chair avant d'entrer au paradis des aviateurs. Pour qu'on n'oublie pas tant que lui, Victor, vivra.

Tous ces camarades venaient-ils lui rappeler qu'on ne quitte pas le métier de pilote pour une femme ? Victor allait bientôt toucher la vérité de ses sentiments, ce n'était sûrement pas le moment de renoncer. Son amour de l'aviation n'était pas menacé, il le savait.

35

Élisabeth Bauvy l'attendait dans le salon devant un apéritif. Victor comprit qu'elle était à lui et ralentit le pas. Ne pas montrer l'émotion sublime et fulgurante que déclenchait cette victoire, après tant d'années de patience. Il s'inclina devant elle et s'installa dans le fauteuil qui lui faisait face, comme un vacancier détendu.

Détendu ? Pas vraiment. Élisabeth avait beau se montrer souriante, Victor ressentait son grand malaise. Ils prirent l'apéritif sans arriver à échanger dix phrases, puis s'en furent au restaurant d'un pas lourd. La commande fut presque murmurée. Alors, une fois délivrés de la présence des serveurs, maître d'hôtel et sommelier, Victor en quelques mots vint à leur secours à tous deux.

— N'oubliez pas, Élisabeth, que j'ai retenu deux chambres. Ce n'est pas parce que ce matin nous nous sommes jetés dans les bras l'un de l'autre que nous devons passer la nuit ensemble, ni la suivante, ni aucune, si vous le désirez.

Il ne se doutait pas que sa voix qui trahissait ses émois et son trouble multipliait, si c'était possible, son pouvoir d'envoûtement sur un cœur déjà bien épris. Élisabeth lui sourit sans pouvoir dire un mot.

Il ne la regarda plus, saisit une rondelle de pain, en pétrit la mie comme de la pâte à modeler et aligna des boulettes sur la nappe. Leur silence se prolongeait. Cependant, il était moins pesant que pendant leur promenade.

Élisabeth n'avait jamais su ce qu'était la liberté entre deux êtres. Soumise ou dominée : elle avait traversé la vie tantôt dans un rôle tantôt dans l'autre et fut désemparée devant cette nouvelle dimension. Elle fut tentée de fuir, songeant à sa chambre, deux étages plus haut, où ses vêtements de la journée étaient épars. Sa chambre qui, parce qu'elle y avait dormi un moment, lui donnait l'impression d'être devenue un peu son nid.

L'idée d'y retourner seule la rassura.

Sur sa droite, l'homme qu'elle aimait avec une frayeur toute neuve, et dont le coude frôlait de temps en temps le sien, la dédoublait entre désir et répulsion. Elle ne savait démêler sa propre volonté des appels de son instinct, se croyait l'esprit et l'intelligence anesthésiés. De biais, son regard suivait les doigts de Victor modelant la mie de pain, puis son esprit s'échappait vers les ombres du parc que l'on devinait à travers le voilage fin des rideaux.

Elle entendit sa propre voix murmurer : « J'aimerais passer la nuit près de vous », et appuya son front dans ses deux paumes en respirant à peine. En avait-elle jugé sévèrement des femmes qui s'étaient données par amour. Elle pensa déchoir, mais ne craignit plus l'enfer.

On leur apporta l'entrée.

Élisabeth se mit alors à parler. Elle avait quelque chose à lui dire depuis qu'il était venu faire son éclat chez les Chevalier. Ce qu'elle n'avait pu formuler au restaurant, l'autre soir ni dans la nuit des

Champs-Élysées. C'était difficile à exprimer. Elle s'était tue trop longtemps. Des fantômes la muselaient. La franchise de Victor devenait enviable en même temps qu'effrayante.

— C'est le jour de la naissance de la petite que vous avez connu vos premiers émois d'homme, n'est-ce pas ?

— Parfaitement.

Elle baissa les yeux :

— De ce même jour date la répulsion de mon mari pour moi. Je n'ai jamais plus été « sa femme » depuis, et je n'ai pas connu un autre homme. Ce soir, je suis assaillie d'angoisses. J'ai besoin d'être près de vous tout en ne le souhaitant pas.

A mesure qu'elle parlait, sa chair semblait redevenir vivante, sa main se réchauffait dans celle de l'aviateur. Il avait eu l'intuition de la brisure, mais fut bouleversé par l'aveu.

Quand le serveur voulut ôter les assiettes, ils s'aperçurent qu'ils n'avaient pas encore commencé.

36

Le lendemain, dans sa 4 CV qui rebondissait sur la chaussée, l'esprit de Victor divaguait comme sous l'effet d'un euphorisant. Aucune femme ne l'avait encore mis dans la situation de dormir sagement à côté d'elle et de le rendre à ses obligations dans un tel état de bonheur. Il était encore plus épris d'Élisabeth qu'avant. Toutes les expressions de cette femme qu'il croyait bien connaître s'étaient modifiées dès que sa chevelure avait rebondi, entrelacs de ressorts fins et vivants autour de son visage à l'heure du coucher. Il avait admiré en silence le rêve de toute sa vie.

Ce qu'il avait entendu d'elle, vu, et compris, l'avait ému au-delà de ce qu'il aurait pu imaginer. Élisabeth était faite pour l'amour. Il le savait depuis toujours. Il saurait attendre. Jusqu'alors, la plupart de ses amantes s'étaient plutôt jetées dans les bras de Victor, jalouses les unes des autres. Elles avaient voulu s'afficher avec lui en conquérantes dès leurs premières étreintes, prêtes à se fabriquer une originalité pour le retenir. Sauf Maddy, l'Eurasienne. Maddy, du haut de ses vingt-deux ans, l'avait laissé venir à elle et s'était donnée avec simplicité, grâce et désintérêt. Il en était devenu amoureux, comme un collectionneur d'art peut s'éprendre d'un tableau. Il avait voulu qu'elle le suive en France, mais elle avait refusé. Sa vie, elle ne la concevait que dans son delta natal. Il n'avait jamais su si Maddy l'avait aimé aussi passionnément que lui.

Insensible aux cahots qui le faisaient sauter dans la trop petite voiture, Victor s'étonnait que l'on puisse éprouver des sentiments aussi puissants pour deux personnes dont les natures étaient opposées. La pensée de Maddy, pour forte qu'elle fût, n'enlevait rien à l'émotion que lui avait inspirée la timidité presque infantile d'Élisabeth Bauvy tout au long de leur soirée. Ne restaient de la dame patronnesse que ses ignorances, ses appréhensions. Elles la rendaient vulnérable, vibrante, farouche, terriblement humaine. Pour lui rendre le bonheur de ses sens, lui apprendre le goût des étreintes, et lui restituer ses émotions, ses jugements, ses véritables désirs, il se sentait toutes les patiences. Une femme qui n'a pas connu l'abandon, la joie, dans les bras d'un homme est mutilée d'une part essentielle d'elle-même, avait-il toujours affirmé.

Quel beau rôle lui donnait-elle ! Il avait envie de lui chanter autant de remerciements qu'il y avait de kilomètres à parcourir. Il avait si bien pris l'habitude de ne la caresser qu'en pensée, que sa présence près de lui, complètement effarouchée, son contact tout au long de la nuit lui avaient communiqué une douce panique. Lui aussi devait s'adapter à cette nouvelle approche. Élisabeth Bauvy était un être de chair et de sang comme les autres femmes, mais il n'avait pas pu se comporter avec elle comme avec les autres. Elle était encore un rêve. A peine si elle s'était un peu incarnée près de lui une nuit entière. Elle était pourtant de chair et de sang comme les autres. De son ventre s'échappait chaque mois le flux rouge des menstrues.

Les mystères des corps lui inspiraient un respect instinctif depuis qu'il avait contemplé la jeune maman qui venait d'expulser un nouveau-né. De ce jour, il avait gardé une inépuisable tendresse pour toutes les femmes. Pour les silences dont elles savaient envelopper le plus souvent les mystères de leur intimité. Il n'avait plus jamais cessé d'observer chez chacune les infimes détails qui révélaient leurs attentions, leurs soins pour la mise en valeur de ce qui exaltait ces mystères. C'était cela la féminité, et c'était ce qu'il aimait. Les femmes le fascinaient. Toutes les femmes. Il avait rencontré le talent suprême de la féminité dans une seule, à Hanoi. Élevé au-dessus de lui-même par les sentiments exceptionnels qu'elle lui avait inspirés, rien qu'à poser sur elle le regard, à échanger avec elle des caresses, il ne s'était pourtant pas défait de son attachement pour l'austère Élisabeth Bauvy. Mais comment avait-il pu partir de là-bas, s'arracher à l'ensorcelante magie de la beauté de son Eurasienne ?

Évoquer Maddy, c'était penser à l'Indochine. A la bataille de Diên Biên Phu. Dans le fond de leur vallée, des hommes tombaient d'heure en heure. A ce jour, les points d'appuis, Gabrielle, Anne-Marie et Béatrice, ainsi qu'Huguette et Dominique plus récemment, avaient été pris par les Viets. La saison des pluies avait déjà commencé et allait tout compliquer, surtout les manœuvres aériennes.

Certains de ses amis officiers, revenus comme lui du Tonkin, n'avaient pas supporté l'attitude de la France vis-à-vis de cette guerre trop lointaine, ni le confort de leur nouvelle vie. Ils ne comprenaient plus l'Occident, et s'étaient portés volontaires pour retourner là-bas. Par sens pur de la camaraderie.

Victor, parfois, luttait contre un remords. Les images de cette Asie qu'il avait tant aimée et qui se déchirait lui revenaient comme une accusation. En roulant le long de la forêt, il superposait sur le paysage landais la vision des rizières aux reflets argentés, revoyait des visages hâlés aux yeux bridés. Pourquoi n'y retournait-il pas, lui aussi ? Il n'était peut-être qu'un lâche en train de fuir le combat pour assurer son avenir personnel. Cette idée le taraudait. Mais cela passait dès qu'il se retrouvait devant le simulateur. Il apprenait de nouveaux réflexes, de nouvelles dimensions professionnelles. Piloter, piloter encore et toujours, connaître les limites de nouveaux engins perfectionnés, tel était le but réel de sa vie, sa jouissance pure.

Mourir en avion, oui, mais par amour de la machine, par la passion qu'il avait des ronflements du moteur auxquels il était attentif à chaque manœuvre, l'oreille tendue, les nerfs et les muscles réceptifs aux vibrations de l'engin, aux moindres bruits nouveaux. Voler en état d'osmose avec l'appareil, connaître aux commandes des extases exceptionnelles en pleine solitude des grands espaces. Avec cela, il pouvait s'accomplir, songeait-il comme s'il se protégeait déjà contre une autre passion qui s'enflait en lui tandis qu'il roulait, recroquevillé dans la 4 CV, vers Mont-de-Marsan.

37

Réveillée brusquement, Élisabeth chercha à tâtons la poire de sa lampe de chevet, se leva et poussa la porte de la salle de bains. Elle aperçut Victor assoupi dans la baignoire. Une curiosité immense domina sa pulsion première qui l'aurait fait reculer sur la pointe des pieds. Elle s'autorisa à le regarder tout entier, à se familiariser avec ce corps d'athlète. Sur le coussinet velu, ce qui l'avait tant dégoûtée, comme une limace, chez son mari, paraissait charmant, vu d'ici. Mais vite, elle détourna le regard, honteuse de l'avoir attardé là-dessus. La limace, quand elle se réveillait, devenait un pieu et endiablait le corps et l'esprit. Vite, elle ferma les yeux pour les ouvrir sur les épaules, larges, saines, robustes. Elle admira la force de vie qui émanait de ce corps. Il donnait envie d'être en bonne santé.

Elle n'eut pas le temps de démêler si elle était attirée ou non. Victor s'éveilla et sourit. Elle rougit comme s'il la surprenait en faute.

— Alors, jolie madame ! Fatigante, cette première journée de cure ? Bonne sieste ?

— Et vous, Victor, comment allez-vous ?

— Fort bien, ma foi ! J'ai volé, j'ai étudié, j'ai discuté avec l'instructeur et les camarades, bref, une journée intéressante et sans problème... Ma petite 4 CV m'a ramené vers vous comme par enchantement. La Belle au bois dormant voudrait-elle partager mon bain ?

Élisabeth brava son appréhension comme elle avait bravé sa nature tout au long de sa vie. Elle prit la décision de connaître, ce soir, les caresses de Victor, s'éclipsa dans la chambre pour se dévêtir et reparut enveloppée de son drap de bain. Cela déclencha chez lui un rire fêlé et nerveux qui résonna sur le carrelage. Elle laissa choir cette enveloppe à terre et se glissa dans l'eau comme sous les draps en cherchant à se protéger du regard de celui qu'elle voulait pour amant, mais avec bien des réticences encore.

Le malaise, il ne faut pas le laisser s'installer. Victor le savait. Il découvrait les formes souples, les chairs blanches d'une Élisabeth Bauvy humble dans sa nudité. Ses gestes pour enjamber la baignoire avaient été retenus, recroquevillés. Elle en était cependant méconnaissable de féminité, de douceur, elle, la cheftaine des bridgeurs. Il arrive que la pudeur donne des envies de provocation lorsque l'on n'est pas soi-même touché dans ses propres sentiments. Mais si de l'être aimé, en face de soi, émane une multitude d'émotions fragiles et difficiles à maîtriser, il y a un tel partage, une telle fusion que tous deux peuvent se croire également en danger. Victor n'était plus l'aviateur qui aime à frôler les limites du possible, ni le séducteur assuré de conquérir, seulement un homme inquiet de ne rien commettre d'irréparable aux yeux de celle qu'il attendait depuis si longtemps. Plus aucun artifice ne pouvait les aider l'un et l'autre. Ils étaient nus, face à face, emportés dans un même dérèglement effarouché.

Lui aussi, pour l'aider, aurait souhaité rabattre sur elle le drap d'une eau qui, bien que limpide, l'eût juste légèrement voilée. Il la saisit par la main comme pour l'aider à prendre place dans une embarcation.

— Là ! Installez-vous, la tête contre le rebord, comme moi. Glissez vos pieds de chaque côté, ajouta-t-il en dégageant ses hanches de son mieux. Vous voyez qu'on peut tenir là-dedans, tous les deux. Détendez-vous... Barbotons gaiement.

Il ouvrit le robinet d'eau chaude qui jaillissait du mur entre eux, et se mit à faire des petites vagues pour mêler le bouillon chaud au bain devenu un peu tiède pendant son somme. Élisabeth enviait son aisance. Les choses du corps paraissaient naturelles, évidentes avec lui. Avait-il jamais connu la honte de sa nudité ? Elle imagina Victor avec les conquêtes superbes qu'elle avait aperçues, et d'autres qu'elle inventa... Mais pas avec sa fille. Ce n'était pas le ciel et les grands espaces du monde qui enveloppaient dans son imagination les épaules de l'aviateur en ce moment, mais des mains de femmes, des rencontres innombrables et extravagantes, des lieux riches en couleurs exotiques. Élisabeth n'arrivait plus à croire qu'elle était son aînée de huit ans. Loin des artifices de la société, elle avait perdu de sa superbe. L'homme qui godillait avec sa main dans le même bain qu'elle n'avait plus rien de commun avec le jeune pilote rentrant fièrement d'Amérique dix ans plus tôt, plein des fraîcheurs et des fougues maladroites de la jeunesse. Il ne lui inspirait plus ses petits sourires maternels et protecteurs.

Élisabeth s'enhardit. Elle s'empara de la savonnette.

— C'est moi qui vous frictionne.

La savonnette logée dans sa paume glissa sur les épaules de Victor, décrivit des cercles sur son thorax et dans son dos, abandonna de la mousse sous ses aisselles, et se hasarda dans la zone du ventre où elle ralentit. Élisabeth leva les yeux vers ceux de Victor, affolée. Elle y décela une intensité, une force, une joie et une attente qui la privèrent de toute résistance. En descendant à peine, sa main refermée sur la savonnette rencontra le pieu de chair, et le regard d'Élisabeth demanda à Victor ce qu'il lui permettait de faire, vérifia où était la limite entre le possible et l'interdit. Elle ne savait plus rien, effrayée en même temps qu'impatiente. Des fantômes peuplèrent son imagination. Depuis son intrusion dans la salle de bains, elle était en dehors de tout ce qu'elle avait connu, et s'en remettait à Victor. Les bonds de son cœur demeuraient impossibles à contrôler.

Victor dénoua son chignon épingle par épingle, et la dépouilla de sa honte par les encouragements de ses mains aux gestes précis et doux, ses sourires. Leur complicité, au lieu de s'évanouir, comme cela s'était produit dès la première nuit avec Jacques, semblait se fortifier à mesure que les corps apprenaient à se toucher, à se connaître. L'eau clapotait, giclait sur le carrelage, plaquait les cheveux d'Élisabeth sur ses épaules, ses seins, son dos. Des joies juvéniles montaient par vagues en elle, des sourires détendaient ses traits.

Victor tout à coup enjamba la baignoire. Il entraîna Élisabeth, l'enveloppa dans sa grande serviette, et la porta encore trempée sur le lit où il la frictionna.

Pour la première fois de sa vie, elle aima. Elle aima, lumière allumée, sans quitter du regard celui qui s'était glissé en elle avec précaution et qui lui susurrait des compliments et des mots tendres. Elle devint étrangère à celle qu'elle avait été autrefois, accepta l'indécence des étreintes et laissa monter des larmes tandis qu'il la remerciait, l'embrassait. Les sanglots et les excuses de son jeune époux effaré de l'avoir outragée sous la pulsion des exigences de son corps la hantèrent, précis, douloureux. Il avait demandé pardon, enveloppé d'obscurité, tandis que Victor venait de montrer de la gratitude, sous l'éclairage de la lampe. On pouvait donc être belle et louable en de tels moments ? Elle ne sut répondre aux mots exquis qu'en écrasant ses lèvres sur les épaules en nage. Elle le contempla, loin d'imaginer qu'en passant le doigt sur la brèche de l'arcade sourcilière elle répétait pour la centième fois, pour la millième peut-être, une caresse irrésistible à toute femme en tête à tête amoureux avec Victor Louzelergue.

Comme il l'avait souvent fait, il sourit sans un mot.

38

Une cure en valait une autre. Élisabeth renonça aux bains de Dax pour aller s'installer plus près de Victor dans une auberge proche de Mont-de-Marsan, aux confins de la forêt landaise.

Personne ne connaîtra leur retraite. De temps en temps, Victor gardera le contact avec Paris par un petit coup de fil à Hubert, Élisabeth enverrait chez elle des cartes postales. Ce serait tout. Jacques et Élisabeth n'avaient jamais entretenu de correspondance quand les vacances les séparaient. L'été, il donnait des cours chez les bons pères aux élèves qui avaient été collés au baccalauréat et qui tentaient leur chance à la session de septembre. Il doublait son salaire pendant qu'Élisabeth prenait des vacances en Normandie et ne la rejoignait qu'une quinzaine de jours avant la rentrée. Quelques cartes postales polies et dénuées d'intérêt entretenaient un lien ténu entre eux. L'habitude était prise. L'idée de partir d'ici pour un lieu dont son mari et sa fille ignoreraient tout, la libéra de ses attaches, mieux qu'un voyage aux antipodes. C'était donc si facile de tromper son monde ?

Depuis qu'elle avait accepté de partager le bain avec Victor et de se donner à lui, l'autre soir, les scrupules qui l'avaient maintenue dans les rigueurs de son comportement pendant tant d'années avaient été balayés, anéantis. Était-ce vraiment elle qui se livrait à l'adultère ? Elle, la dame catéchiste, la redresseuse de torts... Sa vie venait de basculer d'une manière irréversible. Quand bien même serait-ce pour l'enfer. Elle ne connut pas le remords, seulement le regret d'avoir attendu si longtemps.

L'esprit accaparé par sa prochaine fuite vers l'auberge de la Midouze, les mains affairées au rangement de ses effets, Élisabeth se sentait une autre. Elle chantonnait en entassant ses quelques pots de crème dans sa trousse de toilette. Soudain, elle se vit dans la glace et fut stupéfaite. Sa tête de tous les jours, sa tête de dame « comme il faut », en un mot : sa tête de Louveciennes devant elle. Comment son visage pouvait-il être resté le même ? Elle ne savait plus qui elle avait été, qui elle était en train de devenir et ne supporta pas ce face-à-face. Il allait la faire douter de son bonheur nouveau. Entièrement retournée, labourée, divorcée d'elle-même (ou peut-être sur le chemin de l'harmonie) en quelques jours, elle se voulut, sur-le-champ, une nouvelle apparence et n'acheva pas ses rangements. Elle se rendit chez le coiffeur, sous le soleil de ce plein après-midi.

Élisabeth et Victor n'avaient pas échappé à la loi des amants éblouis par leur histoire. Pour mieux posséder leur passion, chacun avait livré à l'autre la genèse de son sentiment. Elle avait voulu entendre sans fin conter les émois de l'adolescent qui avait refoulé ses désirs. Jusqu'au moment où infailliblement on en arrivait à prononcer le prénom de sa fille. Alors, une douleur fulgurante la traversait de part en part. Prise entre le désir de ne rien savoir et celui, au contraire, de tout connaître pour mieux dominer, mieux posséder, elle finissait par maudire l'enfant qui lui avait ravi ses plus belles années, son équilibre de femme. Sa fille qui s'était imposée, l'automne dernier, au centre de sa vie. Victor ne savait plus comment lui faire admettre que sans cette liaison affichée, elle serait restée, elle Élisabeth, prisonnière de son existence étriquée. Sans cette souffrance, elle n'aurait pas connu l'amour. Il fallait remercier « la petite » ni plus ni moins, même si son orgueil endurait des tourments. Il parlait clairement, fermement, avec douceur et elle s'apaisait pour un temps. Mais chaque fois que la curiosité l'attirait vers quelques nouvelles informations sur la liaison de Victor avec Marie-Agnès, elle se croyait dans un incendie, sur le point d'asphyxier. Que n'avait-elle eu un fils ! L'imperturbable certitude de Victor pour l'amour qu'il avouait estompait la douleur peu à peu, et toujours pour un temps.

Élisabeth réclamait encore des détails sur ce qu'il avait retenu d'elle au long de sa jeunesse. De temps en temps, leurs deux mémoires consultées aboutissaient aux mêmes souvenirs qu'ils exploitaient ensemble avec un plaisir extrême. Ils se retrouvaient dans une autre époque, sur les rives de la Seine dominées par la forteresse médiévale, et nommaient ceux qui participaient à la promenade ou au déjeuner, retrouvaient les senteurs de la terre, entendaient le calme environnant et Victor arrivait à décrire très précisément les vêtements qu'elle portait tel après-midi, tel soir. Des bouffées de jeunesse épanouissaient Élisabeth. Elle se revoyait près de lui avec les yeux attendris de l'époque : ceux d'une grande sœur.

Mais elle cherchait quand même dans cet attachement ce qui pouvait révéler le germe de la passion dont elle brûlait à présent. Elle avait besoin de toucher Victor en lui parlant, de lui comprimer les doigts dans ses mains, remonter ses caresses le long de son bras, blottir son visage au creux de son cou, chiffonner sa tignasse d'aviateur, folle et gaie. Elle sondait son regard à la fois lumineux et curieusement obscur, s'interrogeait sur tout ce qu'il avait vu, ce qu'il savait et dont il ne soufflait mot. Combien l'intriguaient ses silences, quand il se laissait contempler, un sourire énigmatique sur les lèvres ! Elle aurait voulu extraire de lui son âme et la démonter comme une horloge pour la connaître, en être la gardienne. Elle croyait l'approcher par ses caresses. Il y avait tant d'années à rattraper, de battements de cœur à multiplier, ainsi que des « Je vous aime... ».

Victor était moins disert. Il pouvait commenter librement leur passé, étoffer les souvenirs par quelques mots savoureux, mais de leur retraite actuelle dans le Sud-Ouest ne disait rien. C'était beaucoup trop tôt. Il valait mieux vivre les émois avant de les enfermer dans des paroles définitives.

Sur sa vie intérieure, Victor avait toujours été réservé. Il ne livrait à personne ses difficultés avec son épouse pour leur divorce, ni le lent travail de la culpabilité qui rongeait sa conscience comme la rouille entame les fers mal entretenus d'une machine, dès qu'il songeait à son fils. Il eût fallu qu'il installât une complicité avec l'enfant dès son retour d'Indochine pour s'attacher à lui. Mais chaque fois qu'il avait projeté de se rendre à Lyon, il avait trouvé mieux à faire au dernier moment, soit avec Marie-Agnès, soit à l'aérodrome. Une seule fois il avait sauté dans le train pour un aller-retour à Lyon, peu de temps avant les fêtes de fin d'année.

Arrivé tard dans la soirée, il avait trouvé sa femme seule dans le grand appartement des parents. Ils avaient fait l'amour sur le tapis du salon, et le tumulte des sentiments contradictoires qu'il avait éprouvés dans le bien-être des chairs de son épouse lui avait rappelé sa propre naissance. Le remords l'avait assailli qu'il avait tourné au retour en un cynique mot d'esprit sur la bâtardise héréditaire. Avant de s'en aller, il avait jeté un coup d'œil sur son fils endormi dans la chambre du fond, déposé un cadeau au pied du petit lit, récupéré un certain nombre de papiers professionnels, et disparu au matin sans se retourner. Si l'enfant s'était légèrement éveillé, il ne garderait qu'un vague souvenir de l'apparition d'un fantôme dans sa chambre. A des moments inattendus, la pensée de son fils lui revenait depuis et l'accablait. Victor l'imaginait attendant de semaine en semaine un père qui n'arrivait jamais. Cela lui rappelait ses souffrances d'autrefois. Comme si le fardeau de cette paternité l'écrasait plus que n'importe quoi, l'entravait même dans le grand dessein de sa vie de pilote, il préférait admettre que s'il avait survécu, lui, à la mutilation de sa jeunesse, s'il s'était même fortifié dans la solitude au point d'avoir pris rendez-vous chaque jour avec elle aux commandes d'un avion, son fils aurait cette part d'hérédité transmise par l'absence. A la longue, elle deviendrait un auxiliaire, et la malédiction courrait ainsi de génération en génération, comme le petit furet de main en main dans le jeu de société. Après tout, d'autres tares se transmettent aussi de père en fils dans les familles honorables.

De tout cela il ne soufflait mot, habitué à s'arranger seul avec sa conscience, à porter seul peines et joies. Il savait opposer un aimable silence plein de sourires à certaines questions d'Élisabeth.

Avec elle, cependant, il parlait de la guerre d'Indochine, de la bataille qui faisait rage à Diên Biên Phu. Il avait suivi, affligé, la chute des points d'appui : Gabrielle, Béatrice et Anne-Marie dans la deuxième quinzaine de mars, et puis une partie d'Éliane à la fin du mois. Dominique et Huguette venaient d'être prises par l'ennemi début avril. Les Viets se montraient plus forts, plus résistants, et mieux armés que prévu. Les combats devenaient terribles, et nombre d'hommes mouraient dans la boue aussitôt que parachutés. Victor achetait tous les journaux qui parlaient de cette guerre, et restait en contact avec ceux de ses camarades qui avaient des nouvelles de là-bas ou du ministère. Le général Corniglion-Molinier, ministre d'État, et le général Fay, tous deux aviateurs, avaient émis des réserves sur l'installation du camp retranché dans la cuvette de Diên Biên Phu dès qu'ils avaient eu connaissance du projet, mais leurs avis avaient été négligés en haut lieu. On s'y battait maintenant sous des trombes d'eau. L'aviation avait du mal à réapprovisionner le camp. Certains jours, le ciel était impraticable.

Combien de fois, en si peu de jours, Élisabeth avait-elle déjà interrompu les tristes songes de Victor par un sirupeux « A quoi pensez-vous ? » pour s'entendre dire avec seulement quelques variantes : « A vous, jolie madame... » ou bien « A nous deux... », même s'il avait l'esprit à l'autre bout de la planète. Évoquer le delta où il avait marché tant et tant sur les talons de Maddy l'entraînait aussi dans des rêves amoureux encore vivaces. Il ne mentait qu'à moitié en répondant « A vous, jolie madame », car on peut avoir la pensée accaparée par une autre passion sans s'éloigner de beaucoup de celle que l'on est en train de vivre.

Plus les jours s'écoulaient, plus Victor aimait Élisabeth. Il la voyait se délester du fardeau de ses artifices. Plus il la trouvait aimable, plus il s'étonnait de sa propre constance auprès d'elle, naguère. Avait-il si justement anticipé sur ce qu'elle pouvait devenir ?

Quand il vint la chercher pour quitter Dax et qu'il la vit, cheveux courts et brillants flottant sur sa nuque, il la serra contre lui, fou de joie. Leurs corps s'unirent debout contre la porte de leur chambre. « Finie la fausse madone aux allures sévères ? Morte et enterrée ? » lui murmura-t-il dans l'oreille.

39

Élisabeth commença enfin de véritables grandes vacances. Dès le premier jour, aussitôt après le départ de Victor pour sa base aérienne, elle poussa sa promenade jusqu'au centre hippique, de l'autre côté de la rivière, et s'en revint songeuse.

Son père, jadis, lui avait appris à monter à cheval, et elle promettait d'être une excellente cavalière. Au manège, plus que nulle part, ils avaient vécu leur complicité. Fallait-il que leur bonheur fût interrompu si tragiquement par l'autre passion de ce père intrépide ? Quel plaisir peut-on prendre à voir passer des bolides devant soi sur un autodrome ? Ce père tendrement chéri était allé en Italie voir une course. Il n'en était pas revenu vivant. Dans toute la presse, on avait exhibé des photographies atroces de l'accident. La faux de la mort avait pris forme d'un bolide couchant sur le parterre des spectateurs qui n'avaient pas eu deux secondes pour la voir arriver. Élisabeth, le cœur décapité à seize ans, avait cessé de fréquenter le monde équestre où trop de souvenirs éveillaient la douleur de l'absence. Elle avait fini par l'oublier.

Vingt-cinq ans après, dans le Sud-Ouest, elle venait d'être rattrapée par le passé, pour avoir approché les boxes des chevaux, senti l'odeur de leur litière, et entendu leurs pas sur les pavés de la cour. La machine à remonter le temps avait fonctionné si subitement, qu'elle avait eu la vision de son père fièrement monté sur Alouk, sa jument préférée. Elle en resta hébétée, l'ouïe tendue. Elle n'aurait pas été étonnée d'entendre la voix paternelle tonitruer une fois encore : « A toi, ma fille ! Monte un peu que je te voie en selle ! » Leurs heures d'équitation avaient été leurs moments privilégiés où pas un tiers n'avait eu sa place. Ce souvenir était aujourd'hui une sorte de cadeau à retardement. La rigueur de leur éducation les avait empêchés de s'avouer leur bonheur d'être ensemble, mais, avec le recul, Élisabeth l'identifiait. Tout son être le lui disait par des frémissements intérieurs inouïs dans ce lieu où le cheval était roi et les cavaliers princes.

Elle reprit possession de tout cela en s'inscrivant au club hippique. Ses joies passées se superposèrent aux présentes et, entre les deux, le gouffre de ses vingt-deux ans de mariage où les émotions, même les plus simples, n'avaient pas eu de place, lui parut une incongruité, un égarement inexplicable. Pourquoi avoir choisi pour sa vie un chemin si étroit et s'y être obstinée ?

Elle avait pourtant vécu des moments sublimes près de son fiancé aux répétitions de la grand-messe. Assise en retrait, tandis que le corps et l'esprit de Jacques, entièrement donnés à l'orgue gigantesque, faisaient résonner la musique solennelle sous les voûtes de l'église, elle avait maintes fois laissé son cœur se dilater d'amour, et d'orgueil, jusqu'à n'avoir plus conscience de sa propre personne dans l'ombre. Elle apprenait à recevoir la musique, à la vivre. Son âme s'était élevée dans ces moments-là aux sommets de la prière. Elle avait aimé ce jeune homme pur qui avait de belles idées sur son avenir.

Mais il y avait eu la nuit de noces et toutes les autres nuits. Il avait fallu apprendre à reconstituer sa dignité chaque matin pour paraître inchangée, sereine. Ne pas attirer l'attention de l'entourage sur l'indescriptible honte, le profond désarroi, l'écœurement qui ne la quittaient plus, tel avait été son souci. L'école de l'hypocrisie. Comment croiser sinon le regard de sa mère comme si de rien n'était, alors qu'elle aurait tant voulu hurler « Au secours ! ». L'insupportable impression d'être imprégnée d'une sorte de glu, et de laisser derrière soi des traces poisseuses de limaces la hantait, lui avait imposé de ne rien laisser paraître, de se tenir droite, de sourire. Cette contrainte l'avait sauvée d'une chute intérieure toujours imminente. Mais à quel prix ? Les autres femmes étaient-elles choquées, meurtries de la sorte par les approches de leur mari ? Pour ne pas dévoiler son état d'esprit, elle n'avait pas osé se renseigner. Elle avait retenu seulement le dédain qu'on lui avait inculqué pour celles qui affichaient leur goût de ces choses-là. Et toujours elle se demandait à quelle volupté elles faisaient allusion.

A l'époque, elle n'avait songé qu'à se reconstituer une dignité chaque matin tout en s'accablant de reproches : sa révolte n'était sûrement pas fondée puisque ce qui l'offensait et l'humiliait faisait partie de l'ordre des choses. Elle la comprimait de toutes ses forces. Mais en pleine découverte de l'amour, elle devenait obsédée par sa mère, par l'idée qu'elle n'avait pas pu tromper sa clairvoyance.

La marche d'Élisabeth au bord de la Midouze ressembla à un cheminement vers le passé. Le regard maternel l'écrasait par-delà l'éternité. Il réprouvait l'adultère, ordonnait encore. Jadis il avait eu toutes les réponses sur les questions de la vie. En peu de mots, sa mère l'avait soumise à l'époux, juste avant ses noces. Avait-elle pu capter sans ciller la détresse de sa fille au retour du voyage désastreux ? Elle n'avait pas même cherché à l'apaiser d'un mot, d'une pression de main. Avec vingt-deux ans de retard, Élisabeth osa pour la première fois laisser monter un sentiment qui eût été sacrilège, autrefois : une colère lourde d'accusations. Sa mère ne pouvait pas ne pas avoir vu et compris son désespoir ravalé chaque matin et qui remontait le soir. Cette découverte blessa une Élisabeth Bauvy de quarante et un ans qui découvrait l'amour. Elle modifia son regard sur toute son existence. C'était abominable de douter maintenant de ce qui avait fait ses certitudes, de ce qui avait assuré l'ordre irréprochable de sa vie. C'était atroce surtout de se fâcher avec une morte.

Un soupçon sur la fidélité de son père l'effleura. Avec le recul, le rayonnement de cet homme lui sembla suspect. Sa joie de vivre, la lumière de son regard ne pouvaient venir de la vie de famille. Cela devint une évidence et jeta un nouvel éclairage sur les passions de son père qui le poussaient toujours hors de chez lui. Élisabeth eut besoin de recréer sa connivence avec lui tant il lui manqua. Pour les avoir devinées, elle se fit complice d'escapades amoureuses imaginaires qui la délivrèrent des rigueurs de son éducation. Son père avait sûrement été un aventurier. Mais, de l'accident spectaculaire qui avait cassé en deux la vie d'Élisabeth, elle avait gardé la phobie des sports mécaniques. Jamais elle ne questionnait Victor sur ses performances de pilote. Elle évitait de penser qu'il la quittait pour aller dans le ciel dévorer le temps au creux d'une sorte de flèche métallique qui trouait l'air à une vitesse époustouflante.

Un poids énorme tombait de ses épaules à mesure que son projet de remonter à cheval se précisait. Elle renouait un dialogue avec le cher disparu, et n'avait plus quarante ans, sur le chemin du retour, mais seize. Jamais elle n'avait été mariée ni n'avait eu d'enfant. Cependant, la phrase de sa mère jetée comme un ordre à la veille de ses noces résonna en elle une fois encore dans la solitude des sous-bois. Cela ressemblait à l'injonction de retourner au domicile conjugal. Mais on pouvait désobéir aux morts. Cela donnait une certaine jouissance revancharde. Sa fidélité à son mariage raté n'avait été qu'une obéissance quotidienne à cette mère. Pas au triste séminariste. Dans l'adultère, elle se sentit plus proche de son père et s'en fut d'un bon pas jusqu'à l'auberge où la rejoindrait Victor dans la soirée.

40

Sur la terrasse orientée vers la rivière et l'infini des bois, elle se fit servir un thé au soleil. Encore agitée par le désordre de ses réflexions, elle but distraitement, par petites gorgées. N'ayant pas l'habitude de flâner, de laisser ses pensées défiler sans contrôle, elle fut inquiète. C'était indéfinissable. Elle consulta sa montre. Le temps semblait bizarre lorsqu'il coulait sans contrainte. Les journées s'effilochaient, interminables, mais le soir avait l'air d'arriver à l'improviste comme un événement imprévisible. Déjà ! se disait-elle bien qu'elle eût frôlé l'ennui à plusieurs reprises.

Elle se rappela que Victor lui avait offert un roman. La première œuvre de la très jeune découverte du Tout-Paris. Elle monta le chercher, se réinstalla sur sa chaise d'osier et commença par le palper, le soupeser. Le titre mélancolique : *Bonjour Tristesse,* imprimé en noir, débordait le cadre vert, typique des publications Julliard. Élisabeth l'ouvrit et entama sa lecture par le poème en exergue de Paul Éluard dont le début donnait le ton : *Adieu Tristesse / Bonjour Tristesse...* Pouvait-elle imaginer qu'à Paris, au même moment, sa fille arrivait aux dernières pages de ce roman, sur une chaise tournée vers le bassin du jardin du Luxembourg et face au même soleil printanier ? Elle ne se demandait plus où ni comment vivait sa fille, refusait toute pensée sur l'existence de cette enfant qui, non contente d'avoir gâché sa vie, était devenue sa rivale. Dans un décor où sa mémoire ne pouvait rien reconnaître, Élisabeth essayait de s'enfermer dans son bonheur tout neuf. Personne ne devait le troubler. Marie-Agnès moins que quiconque. Elle se reconstruisait un confort intérieur avec l'urgence d'y inclure désormais les souvenirs de son père chassés d'elle trop longtemps.

Elle commença la lecture et oublia le temps.

Victor apparut dans l'encadrement de la double porte vitrée. Appuyé au chambranle, il contempla la concentration d'Élisabeth, l'élégance de ses mains baguées tournant les pages. Voir sans être vu donnait de la saveur à son plaisir. Il ne prêtait pas attention aux autres pensionnaires attablés pour un apéritif ou un rafraîchissement. Il éprouvait l'orgueil de qui admire son œuvre. Soudain, elle leva la tête et l'aperçut. Ils échangèrent ce genre de demi-sourire qui révèle l'accord entre amants. Il vint à elle.

Il avait une telle manière de prendre possession des lieux et des gens dès qu'il entrait quelque part en jetant seulement un coup d'œil à la ronde et de donner l'impression qu'il écartait les murs avec ses épaules, que les regards se tournaient vers lui avec une sympathie immédiate et un air interrogateur. « Qui est cet homme ? » semblaient-ils demander. On devinait l'envie de lier connaissance avec lui. Cela avait enthousiasmé Élisabeth à Dax. Elle avait découvert une joie secrète et délicieuse à reconnaître la convoitise dans les yeux des femmes. Son triomphe avait plus de saveur. Victor se montrait attentionné, la prenait par le bras, lui parlait à voix basse. Alors pourquoi sur cette terrasse où quelques pensionnaires s'étaient installés, pourquoi l'élégance naturelle de Victor, reflétant une force intérieure peu commune, éveilla-t-elle une inquiétude ? Subjuguée par l'apparition qui se frayait un chemin entre les tables pour arriver à elle, Élisabeth flaira une menace sur son bonheur trop neuf. Les femmes qu'elle avait juste entrevues dans le groupe voisin devinrent des ennemies. Elle lisait dans leurs attitudes une admiration spontanée, et dans leurs yeux des lueurs ambiguës qui évoquent le désir. Tant que Victor ne fut pas près d'elle, penché sur elle pour l'embrasser, accaparé par elle, elle se crut en danger.

— Vous avez enfin commencé le roman dont on parle tant ! s'exclama-t-il.

— Ce n'est pas une histoire bien morale que vous m'avez proposée là ?

Il éclata de rire.

— Vous avez raison, Élisabeth, ne changez pas trop vite, je ne vous reconnaîtrais plus.

— On dit que l'auteur n'a pas encore vingt ans...

— On ne parle que d'elle, de sa vie libre, de la fortune que lui rapporte ce roman et qu'elle dilapide follement...

— S'agit-il d'une histoire vécue ? Une jeune fille complice de la vie frivole de son père et qui décide d'intervenir quand les choses ne se passent pas comme elle voudrait... Franchement, on ne peut l'inventer à cet âge. C'est scandaleux !

Elle prenait instinctivement ses allures fières du temps où son chignon lui donnait un air de madone. Elle avait oublié que son port de tête altier était devenu plus insolent, plus coquet, plus piquant depuis que ses cheveux volaient au vent et qu'elle ne réussirait plus les effets d'intimidation de naguère. Victor l'écoutait, amusé.

— Vous étiez encore dans de belles normes, il y a deux semaines, allez... Vous en portiez-vous mieux ? J'imagine la manchette d'un périodique à sensations qui raconterait notre histoire, par exemple.

— Taisez-vous !

— Ce sont les mots qui vous font peur ou bien les faits ? Dans quelle situation êtes-vous à présent ? Une femme mariée, isolée dans une auberge avec un amant plus jeune qu'elle et qui est aussi l'amant de sa fille, l'ami de son mari...

— De grâce, Victor !

D'un coup d'œil alarmé, elle vérifia si on les écoutait.

— En êtes-vous plus malheureuse ?

Élisabeth ne savait plus sur quelle certitude appuyer sa pensée. Affolée, elle ne prolongea pas l'entretien. Autre chose l'inquiétait.

Elle venait d'aviser un peu plus loin une jeune femme restée seule devant son apéritif et dont les yeux se tournaient sans cesse vers eux. Une indescriptible angoisse la saisit. Cette personne ne pouvait-elle pas rejoindre son compagnon ? Élisabeth ignorait ses propres atouts, ses forces, et l'intérêt qu'elle pouvait présenter. Elle lut tous les dangers dans le regard sûr de soi de l'inconnue. Elle en perdait sa propre consistance. A mesure qu'elle l'observait, elle lui prêtait des pouvoirs et une science de la séduction. Elle se heurtait à ses propres ignorances qu'elle croyait risibles. Il fallait en soustraire l'attention de Victor. Par chance, il tournait le dos à l'étrangère. Mais que fera-t-il quand il découvrira, en se retournant, qu'il est l'objet d'une telle curiosité ?

Élisabeth fut incapable de démêler les désordres qui l'agitaient. Depuis qu'elle se dépouillait de ce qui l'avait maintenue jusqu'ici droite et ferme dans sa vie, l'inquiétude, la panique même, la gagnaient dès qu'elle devait affronter des tempéraments à la personnalité affirmée. Elle parla soudain, comme on se jette à la rivière pour échapper à un incendie.

— Pourquoi ne dînerions-nous pas en tête à tête dans notre chambre, Victor ? On commanderait le repas aux chandelles !

— Voyez comme l'amour lui donne des idées ! A la bonne heure, jolie madame ! Que vos désirs soient des ordres !

Entre les tables où ils se faufilèrent, elle le vit croiser le regard de la jolie jeune femme. Celle-ci lui adressait un sourire chargé d'attente et il le lui rendit tout en passant sa main sur l'épaule d'Élisabeth, prête à flancher.

41

Leur passion ne cessa de croître. Plus besoin de stratégie pour se conquérir, ils se donnaient l'un à l'autre avec ferveur et enchantement. Ils se contemplaient avec étonnement et gravité, avec inquiétude aussi. Toujours avec joie. Tous deux avaient le souci de protéger leurs heures bénies, conscients de vivre entre parenthèses des sentiments qu'ils seraient obligés, d'ici quelques semaines, d'affirmer devant la société.

« Que ferons-nous au retour ? » avait demandé Victor. Élisabeth était incapable de penser, de cet îlot où ils se réfugiaient, à ce que serait une vie quotidienne dans le monde. Le plus grave, le plus angoissant restait un éventuel tête-à-tête avec sa fille, une explication. Elle croyait pourtant ce que lui avait dit Victor. Leur liaison n'avait pas été cimentée par l'amour. Mais une amitié les attachait et cela lui était insupportable. L'admettre restait au-dessus de ses forces. Mieux valait n'y pas songer, repousser la moindre évocation de cette situation. D'ailleurs, elle avait de plus en plus de mal à penser à ce qui ne concernait pas leur isolement amoureux. Elle était loin, très loin de sa vie de banlieue. Vouée à leurs promenades, leurs siestes, leurs repas face à face, et d'agréables attentes, elle découvrait de nouvelles valeurs.

Lorsqu'il était à la base aérienne, elle se rendait au centre hippique. L'équitation la rendait à sa fougue, à sa jeunesse, à des souvenirs heureux, habités par son père. La question de Victor, dans la nuit du petit matin, l'avait arrachée à sa volonté d'oublier. « Nous ne pourrons pas ne pas nous aimer, Élisabeth... », avait-il ajouté. C'était trop tôt pour en parler, ou bien elle ne saurait jamais le faire. Il suffirait d'agir au moment voulu sans avoir eu à en délibérer. Mais que rien, de grâce, ne perturbe l'enchantement du séjour avec son jeune aviateur au bord de la Midouze.

Plus tard, Victor avait juste suggéré : « Il faudra prévenir la petite, n'est-ce pas ? » Dans un soupir d'épouvante, Élisabeth avait soufflé : « J'en serai incapable... »; et il l'avait rassurée : « Je lui parlerai, moi, par respect pour elle comme pour nous... » Puis il n'avait plus été question entre eux que du temps présent, de la simple joie de vivre.

Victor eut quelques jours de congé et ils partirent à la découverte des environs : Biarritz et sa mémoire princière, les dunes légendaires du Pilat, les plages, l'étang de Biscarosse. La mer à perte de vue d'un côté, la forêt de pins aux troncs presque rouges, à l'infini, de l'autre. La petite 4 CV cahotait sur les routes comme un jouet entre les mains de l'aviateur, légère et minuscule. Ils revinrent à leur auberge comme en une demeure de famille où leurs habitudes commençaient à ressembler à l'organisation d'une vie à deux.

Les absences de Victor étaient irrégulières. Élisabeth ne savait jamais à quel moment de la journée il réapparaîtrait. Il eut à faire un aller et retour à

Brétigny pendant quarante-huit heures. Il avait pensé revoir Marie-Agnès, mais au dernier moment, y avait renoncé. Leur prochaine rencontre serait une mise au point. Il ne pouvait le faire à la va-vite. Lui qui n'aimait pas les relations épistolaires, il avait préféré lui adresser une carte postale en revenant à Mont-de-Marsan. Un petit mot gentil pour casser le silence et répondre plus que vaguement aux deux lettres reçues à la base aérienne. Marie-Agnès le savait : le courrier n'était pas son affaire.

Pendant ses absences, Élisabeth meublait sa solitude de lectures, de marches méditatives et de longues heures d'équitation. Tremplin qu'utilisait sa mémoire pour plonger dans un passé qui devenait plus radieux avec la conscience des choses. Son besoin d'isolement était immense. Elle se voyait devenir quelqu'un d'autre et ne pouvait empêcher ses réflexions et ses interrogations de la traverser, l'étonner et parfois la choquer. Elle se complaisait surtout à revivre dans sa solitude chaque instant passé avec Victor. Sa liberté toute neuve la délivrait d'un rôle endossé, il y avait longtemps. Elle ne savait plus quand. Tout de sa vie se diluait à présent dans un flou sans repères. Elle ne savait plus qu'une chose d'elle-même : elle aimait pour la première fois et elle était aimée.

Des séquences du passé surgissaient et s'ajustaient mal à sa réalité du moment. Un groupe plaisantait-il bruyamment à quelques tables de là ? Elle croyait entendre la voix d'Hubert et le voir gesticuler. Ne manquaient que les cartes au milieu de la table pour que l'illusion fût totale. La rivière qui coulait un peu plus loin devenait la boucle de la Seine vue de la terrasse des Chevalier à Croissy. Un frisson désagréable la parcourait. Elle ne souhaitait plus les revoir. La vision se dissipait dès qu'elle réalisait qu'elle était simplement au bord de la Midouze.

D'autres réminiscences la surprenaient pendant l'amour. Leurs corps noués l'un à l'autre, Élisabeth devenait la proie d'une de ses angoisses d'autrefois. Elle se retrouvait dans la chambre dite de l'amiral qui s'ouvrait sur la façade ouest de la maison de sa mère en Normandie. Jacques était en elle, ombre grotesque ahanant, yeux fermés. Elle donnait subrepticement de très faibles coups de rein, pour qu'un court-circuit venu du fond d'elle-même se produisît dans tous ses nerfs, comme cela lui était déjà arrivé rarement et par surprise. Une sorte de décharge électrique qui l'avait détendu dans un éblouissement inouï tandis que son époux la besognait hâtivement. Le bien-être qu'elle en avait ressenti l'avait tellement prise au dépourvu qu'elle n'avait jamais osé en souffler mot à Jacques. Il demeurait éperdu de remords, après avoir cédé à son irrésistible attrait pour le sexe de sa femme. Attrait cependant légitime, lui avait-on appris, et qui était le devoir conjugal. Mais il ne pouvait pas ne pas l'associer au péché de la chair que les bons pères avaient dénoncé au long de sa jeunesse. Élisabeth avait considéré ce spasme subit comme une chose suspecte, honteuse, inavouable, mais en même temps tellement extraordinaire qu'elle s'arrangeait pour dissimuler à son époux sa propre participation à la montée de ce plaisir indescriptible. Il fallait contrôler ses membres, les garder apparemment inertes, et ne bouger qu'à peine le bassin. Dès que cela se produisait, se tétaniser pour éviter que la respiration ne trahisse l'implosion magistrale.

La honte d'avoir éprouvé du bien-être ajoutée à celle de se sentir inférioriseé par l'indécence des corps, la foudroyait. Pendant ce temps, Jacques se confondait en excuses à côté d'elle, dans les ténèbres. Se pouvait-il que de ces ébats dégradants on pût tirer du plaisir ? Élisabeth se détournait de l'homme avec le dégoût que l'on éprouve parfois pour un vice devenu nécessaire. Vice qui la privait de l'estime de soi. Elle détestait son époux dans ces moments-là bien plus encore qu'aux temps où elle ne ressentait rien et attendait qu'il en finisse. Pire, elle se détestait elle-même parce qu'elle commençait à ne plus pouvoir se passer de lui ainsi que d'une drogue. Si elle n'avait pas découvert ce moyen de déclencher sournoisement l'indescriptible court-circuit, elle aurait continué de croire qu'on abusait d'elle nuitamment et de mépriser la grande faiblesse teintée de lâcheté de ce mari obsédé par les choses du sexe. Elle se serait encore et toujours revalorisée en lui gardant une sorte d'indulgence presque maternelle puisqu'il fallait bien en passer par là pour procréer. Seulement, elle ne pouvait plus se définir comme sa victime, et refuser toute responsabilité dans l'avilissant combat des corps, maintenant qu'elle y avait découvert du plaisir. Si des appréhensions l'envahissaient à la tombée du jour et pendant le dîner, à la seule pensée des mains de cet homme sur son corps, une voix au fond d'elle lui rappelait qu'elle donnait volontiers depuis quelque temps ses imperceptibles petits coups de rein pour aider le mâle à la faire accéder au fulgurant court-circuit.

La haine montait en elle juste après. Contre lui ? Contre elle ? Contre la création tout entière qui vous obligeait à faire ces choses sales pour continuer l'espèce. Il ne lui était jamais venu à l'esprit que de son côté Jacques connaissait lui aussi ce vertige délicieux quand sa semence s'échappait. Lui aussi le vivait seul et avec une grande honte, tout comme elle. Leurs ignorances se jouxtaient. Leurs éducations, en tout point similaires, leur interdisaient de s'avouer le moindre plaisir et encore plus de l'affiner ensemble. Leurs désespoirs côte à côte étaient identiques, et leur besoin de pureté extrême. Ils n'auraient su comment aborder de tels propos, ni quels mots employer.

Où était le point commun entre ce devoir conjugal et l'actuelle lune de miel ? Elle se remémorait ses débats intérieurs, ses ruses pitoyables pour voler des petits plaisirs en catimini, et sa honte glauque aussitôt.

Vingt ans après, dans les bras d'un homme fougueux et épanoui, assoiffé de volupté, elle découvrait les délires des corps amoureux à n'importe quelle heure du jour et de la nuit, dans la lumière ou l'obscurité, contre un arbre de la forêt, dans la baignoire, ou au lit, et elle les aimait. Ses propres mains avaient appris la liberté. Elles caressaient le thorax, moulaient les épaules, dessinaient les muscles fermes sous la peau avant de s'emparer du pieu de chair sensible et doux. Victor lui susurrait des mots excitants. De ces mots crus qu'elle n'aurait pas imaginé entendre avec jouissance. Son regard d'homme heureux sur leurs extases lui restituait, à sa grande surprise, un sentiment de pureté. Dans les yeux de son amant, elle voyait la petite lumière rassurante de l'amour l'embellir, lui autant qu'elle.

Mais alors, de quoi avait-elle été dépossédée, le jour où Jacques lui avait demandé de remplacer leur grand lit conjugal par des lits jumeaux, si ce n'est de la médiocre détente de ses nerfs dans leurs combats nocturnes ? Pourquoi ce rejet formulé clairement par son époux, quand la petite n'avait pas quatre mois, l'avait-elle tant affectée, s'il la dégoûtait depuis leur nuit de noces, ainsi qu'elle le croyait ? Elle avait avoué douloureusement à Victor, l'autre soir, que tout ce qui touchait de près ou de loin aux choses du corps, elle avait appris à s'en détourner comme si elle portait une tare, comme si elle était un objet de répulsion depuis la naissance de son enfant... Il fallait réfléchir maintenant. L'arrivée de l'enfant ne pouvait pas avoir séparé un couple dans lequel il y avait déjà tant de désaccord. Il s'était certainement passé autre chose qu'elle avait effacé de sa mémoire. Qu'aurait donc brisé dans son couple la venue de la petite sinon ? Quand elles devenaient trop obsédantes, Élisabeth chassait toutes ces pensées en se jetant dans l'action. La marche, le rangement de ses affaires, l'étude de la carte d'état-major des environs, et surtout l'équitation. Dans l'eau glacée de la rivière, elle avait même tenté de se baigner. Mais toujours, ses obsessions revenaient comme l'eau qui s'infiltre. Elle en avait des battements de cœur incontrôlés, des remords. Il devait y avoir un moment dans ses souvenirs où elle tombait dans l'erreur. Qu'avait-elle gommé ou déformé ? La sincérité qu'exigeait Victor l'obligeait à réviser toute sa vie, à réajuster ses jugements. Les conflits de jadis, revus avec la connaissance qu'elle avait maintenant du bonheur, prenaient une autre couleur, se modifiaient. Où se situait le mensonge de sa mémoire, et pour qui l'avait-elle fabriqué ? Cela finissait par devenir une nécessité, elle voulait connaître à présent la vraie nature de ses souffrances, savoir ce qui s'était réellement passé. Elle avait souffert de quelque chose qui la blessait encore rien que de penser à ses misérables étreintes avec son triste époux, et d'entendre, outre tombe, la voix de sa mère qui la soumettait d'une phrase, la veille de ses noces.

Ce qu'elle avait affirmé naguère ne lui paraissait plus que mouvances et incertitudes à mesure que les jours passaient. Auprès de Victor, on pouvait dire les choses, prononcer les mots sans ressentir l'indescriptible frayeur d'une volonté supérieure et menaçante, prête à châtier. Le monde ne basculait pas quand on fouillait la vérité. Des mois et des années près de Victor allaient l'épanouir, elle n'en doutait plus.

42

Quand il quittait Élisabeth pour se rendre à la base aérienne, Victor ne se reconnaissait plus. Il n'était pas emporté dans une euphorie d'halluciné comme souvent pour un coup de cœur, une illusion de l'amour. Il n'était pas non plus hors de lui, à en devenir fou, ainsi qu'il l'avait été durant toute sa passion pour Maddy à Hanoi. Il avait l'impression que son esprit et son cœur se solidifiaient autour d'un noyau, du centre de ses émotions. Il n'avait jamais imaginé qu'aimer pouvait donner le sentiment d'être plus apaisé en même temps que plus fort. Avait-il été amoureux de Maddy ou avait-il rêvé sa passion près d'elle, femme discrète et superbe avec sa peau de soie ambrée et ses mystères exotiques ? Avec elle, il avait atteint le sublime. Il avait été saisi comme certains artistes envoûtés devant une œuvre d'art. Aujourd'hui, par la confiance et l'abandon inespérés d'Élisabeth, il s'attachait enfin après tant d'années de vagabondages. Il y avait quelque chose de concret dans cet amour partagé. Un travail s'accomplissait. L'aviateur soudait de jour en jour des morceaux de sa jeunesse éparpillée, solitaire, et reconstituait sa vie grâce à la métamorphose de la femme aimée.

Ce qu'il avait pressenti dans Élisabeth Bauvy se vérifiait au-delà de ses espérances. La part de son être qui s'était perdue dans le vertige de n'importe quel regard féminin empli de désir se fortifiait autour du noyau resté fidèle à ses intuitions de jeune homme.

Il lui arrivait de revoir des visages féminins sur lesquels il avait posé ses lèvres sans rien ressentir. D'autres s'étaient évanouis dans l'oubli. L'un d'eux revenait, ces temps-ci, se projeter devant lui et ramenait à sa conscience sa plus grande honte. Il n'avait pas eu le temps d'apprendre son prénom. Seule à une table dans l'arrière-jardin de l'hôtel de Saigon où descendaient la plupart des journalistes et visiteurs occidentaux, il l'avait remarquée pour son arrogance dans son maintien et son regard. Elle buvait un jus de fruits à petites gorgées. Lui avait échoué là comme un être qui ne se possède plus sous le coup d'une nouvelle atroce. Son meilleur ami venait de se tuer en avion pendant une opération au camp retranché de Na San. Moteur en flammes, le pilote avait actionné son parachute. Mais la toile s'était prise à l'aile de l'appareil et l'homme avait été entraîné dans une chute fatale. Victor avait marché dans la ville droit devant lui sans savoir encore ce qu'il allait faire. Ils y resteraient tous dans cette aventure de Na San, avait-il pensé, et peut-être même l'avait-il souhaité pour qu'on en finisse. Convaincu de n'avoir pas un jour de plus à vivre, il s'était dirigé vers l'hôtel où des femmes en mal de compagnie venaient flâner l'après-midi. Avisant cette beauté d'un type nordique, il s'assied, commande une bière, lui offre une deuxième consommation et se donne bien peu de mal pour un brin de cour indispensable aux fins qu'il espère. L'image de son ami accroché à l'aile et se voyant perdu le torture. Pour oublier, il éteindra la lumière dans la chambre aux volets clos, et prendra cette femme furieusement, la pétrira, s'enfoncera dans ses chairs, explosera en elle avant d'aller à son tour exploser en plein ciel dès le lendemain. Ce n'est pas auprès de Maddy que l'on épanche ce genre d'humeur ravageuse. Il quittera le monde sans lui dire adieu, ce sera moins pathétique. C'est une inconnue qu'il veut baiser à la minute présente. Il se lève pour emmener avec lui la jeune Suédoise dans une chambre, et la voit se baisser. Ce n'est pas de son sac qu'elle s'empare, comme il s'y attend, mais de deux béquilles. A peine a-t-elle commencé à se déhancher sur ses frêles jambes distordues et courtaudes qu'il s'affole. Furieux contre le sort, il lui demande de l'attendre à l'ascenseur, le temps d'un petit coup de fil, et détale dès qu'elle est hors de sa vue. Il court, il court en sanglotant sur le deuil qui le frappe, sur sa mort imminente, sur la guerre en général, sur les adieux qu'il ne fera pas à Maddy, et sur son écœurante lâcheté avec l'infirme.

Victor avait l'impression de retrouver maintenant le fil conducteur qui l'avait amené d'une aventure à l'autre jusqu'à cet amour, différent de tous les autres. Contrairement aux apparences, il se reconnaissait fidèle à ce qu'il n'avait jamais cessé d'attendre. Élisabeth Bauvy possédait en elle de quoi faire écho à ses sentiments. La petite, dans ses langes, avait fait partie de la beauté de la jeune femme, jadis. Fallait-il que le destin la lui ait envoyée vingt et un ans plus tard, pour l'aider à briser le carcan dans lequel Élisabeth aurait fini par étouffer ou devenir folle ? Le destin l'avait voulu, se répétait-il. Il l'avait choisi pour libérer la fille avant d'accéder à l'amour de la mère. On aurait pu prendre cela pour du mauvais roman de gare. Mais c'était ainsi, il y avait là quelque chose de profond, de plus fort que tout. Il aimait Élisabeth Bauvy et en était aimé. Cela paraissait normal de la retrouver à l'auberge de la Midouze chaque soir, et de la quitter le matin, confiant, pour retourner à la base aérienne. Avec elle il pouvait parler de ce qui lui tenait à cœur depuis des mois, qui appartenait à son histoire, et qui se passait à l'autre bout du monde.

Il avait réveillé la conscience d'Élisabeth sur la guerre d'Indochine et cette terrible bataille de Diên Biên Phu. Les Viets continuaient de gagner du terrain. Tout se passait exactement à l'inverse de ce qu'avait imaginé le commandant du camp retranché. « Faire descendre le Viet dans la cuvette et il est à nous ! » avait annoncé le colonel de Castries contre toute vraisemblance, en attendant qu'on lui parachute ses étoiles de général en plein combat. Victor qui connaissait les lieux avait rendu tout cela concret pour Élisabeth, comme il l'avait fait pour sa fille. La mère montrait de l'intérêt. Ensemble, ils modifiaient la carte au crayon rouge à mesure que les Viets s'emparaient des points d'appui. Quelques-uns encore résistaient, mais plus guère. Dans la chambre, les journaux s'accumulaient, mais cela n'empêchait pas la vie de continuer, et le besoin d'aimer était peut-être plus fort pour qui avait connu la mort de très près.

Victor n'envisageait plus l'avenir sans Élisabeth après avoir répété que jamais plus il ne ferait sa vie avec une femme. Au lieu de lui prendre ses ressources, Élisabeth les lui décuplait. Elle lui insufflait une confiance inestimable. Ni l'un ni l'autre n'arrivaient à parler du retour. Victor, encore lié par son mariage, rêvait pourtant. Il imaginait une construction avec Élisabeth. On pouvait se sentir libre tout en aimant et en étant aimé, telle était sa découverte. Élisabeth ne cherchait pas à s'immiscer dans ses affaires professionnelles, sa vie d'aviateur ne semblait donc pas menacée, bien au contraire. L'idée de la rendre bientôt à l'imbécile de séminariste qui n'avait rien compris à l'amour, et cohabitait avec elle dans leur désert sentimental, lui était insupportable.

Épanouie aujourd'hui, elle ne pourrait remettre ses tailleurs de naguère semblables à un uniforme de l'Armée du Salut, ni se donner bonne conscience dans ses œuvres. Elle avait autre chose à faire. Ils avaient envisagé pour elle une vraie vie professionnelle. Elle pouvait exploiter sa pratique des conférences et monter sa propre agence pour louer ses connaissances. Elle multiplierait ses sujets puisqu'elle aimait l'histoire. Ils avaient invité à dîner l'un des pensionnaires de l'auberge, avocat de son métier. Tous trois avaient étudié les contraintes juridiques d'un tel projet et pris rendez-vous à Paris. L'enthousiasme d'Élisabeth ne cessait de croître. Cela lui assurerait une indépendance morale et intellectuelle vis-à-vis de Victor.

Elle avait beaucoup changé. Après la coupe de ses cheveux, elle avait renouvelé ses corsages, ses robes et ses jupes pour la belle saison, se serrait la taille avec de larges ceintures en cuir et échancrait ses décolletés sur une gorge à présent hâlée. Les quelques kilos perdus après la terrible rupture avaient harmonieusement repris leur place et Victor l'en félicitait. Elle avait assoupli ses mouvements. En un mot, s'était humanisée.

On ne restituait pas un tel ouvrage à une vie d'hypocrisie. L'amputation était le remède. Ils ne l'ignoraient ni l'un ni l'autre, mais Élisabeth ne savait encore comment. Tout était allé peut-être un peu trop vite. Était-elle dans le rêve ou la réalité ? L'impossibilité pour elle d'envisager une explication avec sa fille la rongeait.

Dans son cockpit, Victor oubliait Élisabeth. Ou plutôt croyait l'oublier. Son travail était intensif, astreignant. Pourtant, le calme et la confiance qui l'habitaient portaient le nom de la femme aimée. Il avait plus de concentration, un don de soi plus total. Élisabeth l'habitait. Avec elle il travaillait au simulateur, puis montait en flèche trouer le ciel au-dessus de la forêt des Landes. Quand, de son côté, elle longeait la rivière à cheval et qu'un bruit terrible, sifflant, grondant, s'amplifiait pour s'amenuiser aussi vite par-dessus la cime des pins, elle tressaillait d'une incontrôlable frayeur. Mais elle en éprouvait aussi de la joie. Victor de là-haut lui rendait une visite éclair et l'avion devenait plus humain, la vitesse, une affaire de compétence. Un homme adoré animait cette tôle qui brillait dans le ciel, la rendait vivante. Et si ce n'était pas lui, c'était un autre qui la faisait penser à lui, ce qui revenait au même. Une excitation supplémentaire meublait l'attente de son retour, le soir.

43

A mesure que le stage de Victor touchait à sa fin, les amants portaient une indicible mélancolie. Elle semblait lourde à Élisabeth la vie qui l'attendait. Le scandale faisait peur. Mais elle ne retournerait jamais dans ce qui avait été son quotidien. Sa décision de donner un statut professionnel à ses conférences l'aidait pourtant à regarder l'avenir. Cela élargissait son horizon. Restait l'appréhension de choses accablantes. Le face-à-face avec ceux à qui elle avait imposé l'austérité de ses jugements, naguère. Ces gens n'appartenaient déjà plus à sa vie. Ils étaient tombés d'elle en quelques semaines, fruits blets détachés de leur branche... Pourquoi n'arrivait-elle pas à arracher d'elle le fantôme de son époux ? Il semblait incrusté dans les parois de son monde intérieur. Immuable. Elle lui avait envoyé poliment une carte postale par semaine. Par deux fois, elle avait téléphoné. Les nouvelles l'avaient ennuyées, exaspérées. Qu'importait pour elle qu'il eût croisé leur fille deux ou trois fois à la maison et que le reste du temps elle demeurât rue de Vaugirard ? La voix de Jacques était tombée d'un monde qui n'avait plus aucun lien avec celui dans lequel elle se projetait.

Elle avait encore besoin de solitude et le lui avait annoncé. Elle prolongerait son repos d'une petite semaine. Cet époux incapable d'affronter une volonté plus forte que la sienne acquiesça faiblement. Élisabeth y décela de l'humeur. Tant pis. La femme de ménage lui préparerait ses repas, comme elle le faisait déjà depuis un mois, et s'occuperait de son linge. Mais ces arguments ne lui ôtaient pas l'impression qu'un fil invisible l'attachait malgré elle à cette ombre de mari. Fuir. Elle avait encore besoin de fuir.

Ils en profiteraient pour faire du tourisme avant le grand retour. Un impératif obligeait Victor à être sur le terrain de Buc le dimanche 9 mai : le premier vol du Stearman, le biplan qu'ils avaient remis en état, lui, Marie-Agnès et leurs camarades, tout au long de l'hiver. Il allait sortir du hangar comme neuf et recevoir un second baptême. On ne fait pas défaut aux camarades.

Victor et Élisabeth allaient-ils réapparaître ensemble ou séparément ? Que donneraient-ils comme explication ? « L'important c'est d'avoir pris une décision et de la leur faire connaître avec le plus d'élégance possible », avait dit Victor.

On verrait Élisabeth épanouie, heureuse. On ne pourrait s'empêcher de la comparer à sa fille devenue radieuse, elle aussi, auprès de ce même homme en quelques semaines. La hantise d'être considérée comme une proie supplémentaire dans le tableau de chasse du pilote revenait. « Vous allez perdre le bénéfice de votre cure. Ce retour ne sera pas un moment agréable, sans doute, mais faites face ! Pourquoi attendre des jours et des jours pour mettre la situation au clair ? A moins que vous ne vouliez rester avec votre séminariste ?...

pouffa Victor. » Mais il changea d'expression et de ton tout d'un coup.

Ils étaient assis sur le vieux banc de bois vermoulu d'un village sans âge, aux maisons en pierre sèche, et dont ils ne savaient pas le nom. L'eau du lavoir s'écoulait d'une gueule en fonte qu'ils avaient admirée tout à l'heure pour les symboles quasi lubriques qui y étaient incrustés. Ils prenaient sur ce banc les rayons de soleil de la pleine journée sans prêter attention aux passants, sans entendre même le chant de l'eau dans le bassin du lavoir. L'entretien était grave. Élisabeth venait de passer sa main sur son front pour effacer ses lourdes pensées et Victor ne la quittait pas des yeux, saisi par un détail anodin. Il avait vu dans ce petit geste accompagné d'une inclinaison de la tête une telle féminité qu'il en avait eu une sorte d'éblouissement. Qu'elle était devenue belle ! Plus encore qu'il ne l'avait imaginée dans ses rêves de jeune homme. Ce n'était pas la première fois qu'il s'immobilisait pour contempler cette métamorphose. Mais dans un endroit perdu et qui avait un air d'éternité, il vit de la grandeur. La beauté d'Élisabeth venait de l'intérieur, et il retrouvait les grâces de celle qui l'avait séduit, jadis. Les empreintes de la vie y avaient ajouté, ces temps-ci, une autre dimension. Il débordait d'une envie de donner encore et encore ce qu'il possédait pour que s'épanouisse davantage cette nature. Elle avait encore à révéler. Il faufila sa longue main sous la chevelure délivrée des rouleaux et que l'air soulevait par mèches, y enfouit son visage, sur le point de susurrer à l'oreille d'Élisabeth des compliments, des mots d'amour.

Il ne put prononcer une syllabe.

Il appliqua ses lèvres sur la nuque en cherchant

des mots. Un seul montait à sa conscience. Il le chassait, déçu, pour s'en être trop souvent servi dans des circonstances qui lui paraissaient fades aujourd'hui. Il en avait sucé tous les sucs. Son cœur bourdonnait d'une multitude de « Je vous aime » ou de « Je t'aime », mais son ouïe ne pouvait pas, ne voulait plus entendre sa propre voix les murmurer. C'est lui qui en avait gâté la saveur. Il évoqua Maddy. Lui avait-il dit et redit des « Je t'aime » pendant plus d'un an. Dans un soupir, il referma sa mémoire pour ne respirer que les émanations du parfum d'Élisabeth. Il ne prononcerait jamais pour elle ces trois syllabes qui tournaient en lui à la manière d'un disque rayé : « Je vous aime, je vous aime. »

Il caressa la gorge offerte et s'entendit souffler : « Merci d'être là, Élisabeth... » La tête aux cheveux fous roula contre lui comme sous l'effet d'un choc fatal. Elle avait les yeux fermés et ses paupières à peine ombrées retenaient mal un mince filet de larmes. Il la contempla. Son bonheur prenait racine dans ses rêves de toujours. Victor interrogea les fines rides qui s'étoilaient des yeux vers les tempes. Un peu d'eau salée s'y écoulait. Il en approcha ses lèvres et les plaqua à la source. « Je vous aime... », murmura Élisabeth.

Quand elle ouvrit les yeux, elle fut projetée dans le regard de celui qu'elle adorait et posa le doigt sur la cassure de l'arcade sourcilière. A l'époque de son accident, Victor n'avait plus du tout d'os sous la peau. C'était fragile comme une fontanelle de nouveau-né. Elle avait souvent effleuré la molle cicatrice à l'époque pour jouer aux infirmières, sentir le cerveau sous ses doigts : son besoin de le caresser, toutes apparences sauves. Il avait fallu longtemps, très longtemps pour qu'une fine protection d'os se reforme. La légende de l'aventurier était inscrite là.

Élisabeth croyait savoir lire, mieux que quiconque, cette écriture pour l'avoir vue d'un jour à l'autre s'imprimer comme sur une page blanche. Elle en éprouvait un orgueil singulier. Ses doigts la caressèrent cette fois en propriétaire et elle offrit à nouveau les mots encore tout neufs pour elle qui étaient si bons à murmurer : « Je vous aime. »

— C'est la dame patronnesse qui parle ?

Elle plaqua sa main baguée sur les lèvres gourmandes et rieuses.

Ils sortirent de leur béatitude et l'animation environnante les assaillirent. De nouveau les passants existaient, la gueule de fonte aux motifs lubriques éjaculait son eau claire dans le bassin du lavoir, et les cris des enfants se poursuivant les atteignaient. Devant la boutique au store délabré, deux vieux, coiffés d'une casquette, avaient installé leurs chaises pour papoter.

Bientôt les promenades perdirent de leur saveur pour Élisabeth. Le voile qui se rabattait sans cesse devant ses yeux dès qu'elle essayait d'imaginer l'avenir, tout ce que son imagination n'arrivait ni à rendre précis ni à occulter, tout cela la plongeait dans une confusion indescriptible, dans une angoisse innommable. Elle redevenait nerveuse. Le désastre qui s'annonçait à Diên Biên Phu l'intéressait uniquement parce que c'était la voix de Victor qui vituperait. Il était de plus en plus ulcéré de constater qu'on avait à ce point mal préparé la défense du camp retranché. Tout d'abord en ne prêtant pas l'oreille aux spécialistes de la force aérienne. L'expérience de Na San qui avait failli se retourner contre eux n'avait donc servi à rien. L'envie d'aller cogner les bureaucrates l'assaillait. Ces gens prenaient des décisions à l'abri de leurs ministères, ou justement n'en prenaient pas et laissaient faire, tandis que là-bas, loin d'eux, on se battait dans la boue avec l'énergie du désespoir et on mourait par centaines, par milliers. Les Dakotas jetaient dans un ciel épais leurs cargaisons qui tombaient dans les lignes devenues ennemies. Tout cela, quand on connaissait les lieux, les coutumes, et les hommes, vous tordait l'âme.

Pourtant les grandes catastrophes n'empêchent pas l'humain de songer à ses propres affaires, de continuer son commerce, d'aimer, de haïr, de se distraire, de construire sa maison, sa vie... Élisabeth et Victor allaient revenir à Paris et devaient prévoir ce retour dans les meilleures conditions.

44

Il fut décidé que le traître jouerait encore une fois son rôle.

Victor prit contact avec Hubert pour lui demander de loger Élisabeth, le samedi, tandis que Victor retournerait à son hôtel. Le dimanche, on se retrouverait tous sur le terrain de Buc pour la fête du biplan. Jacques Bauvy y serait convié avec les autres. De retour au domicile conjugal, le soir, Élisabeth lui annoncerait son désir de changer de vie. Pendant ce temps, Victor dînerait avec la petite pour la préparer...

Élisabeth demeura songeuse après ces mises au point.

— Il n'y a plus qu'à faire face, Élisabeth ! Vous avez su mener votre monde jusqu'ici, continuez...

— Cette idée de nous retrouver tous sur le terrain semble vous faire tellement plaisir que je n'ai pas envie de vous contrarier, mais c'est plus fort que moi, j'ai des appréhensions, des angoisses...

— Chut ! coupa Victor en lui mettant un doigt sur les lèvres. Je ne vais pas faire des exploits ni dépasser le mur du son avec le Stearman. C'est presque du sur-place que je propose. Des petits baptêmes de l'air pour détendre l'atmosphère et amuser ceux qui le souhaitent.

— Je ne peux pas m'empêcher de penser à l'accident de mon père...

— Pas de mauvais présages ! Nous ne faisons pas une course. Réfléchissez ! C'est le seul endroit pour reprendre contact avec nos amis, votre mari et votre fille.

Sur un terrain d'aviation, il y a de l'espace, de l'animation et ça donne la possibilité d'échapper quand on veut à qui l'on veut, comme on veut, sans être impoli. On visite les hangars, on se plante, nez au vent, à tel bout du terrain alors que les autres sont plus loin, on va boire du café au restaurant, on revient, on échange quelques mots avec l'un, avec l'autre, et même avec les inconnus qui se baguenaudent. On se laisse distraire par un bruit de moteur et les regards se tournent vers l'avion qui décolle. On ne s'intéresse plus qu'à lui... Sur un terrain d'aviation, on est comme à n'importe quel spectacle, arraché, qu'on le veuille ou non, à nos préoccupations. Comment imaginer des retrouvailles autour d'une table de bridge, les regards tournés les uns vers les autres ? Les silences deviendraient plus parlants que n'importe quel discours, les échanges de regards plus dangereux que s'ils étaient, lui dans son avion, les autres le long de la piste...

— Et ma fille ?

— Elle a passé brillamment les tests d'anglais et les entretiens pour un poste d'avenir à Air France. Elle devrait commencer à travailler le mois prochain. Pourquoi n'en éprouveriez-vous pas de la fierté ?

Après un bref silence pendant lequel Élisabeth sembla s'interroger elle-même, elle répondit :

— C'est vous qui vous êtes donné du mal. C'est à vous d'en tirer de la satisfaction...

— Ne pourriez-vous pas passer au-dessus de tout ça et vous réjouir pour elle, tout simplement ? Aussi bien vos retrouvailles seront moins difficiles que vous ne le pensez. Vous avez beaucoup changé, vous savez. Beaucoup !

Elle eut la vision des éclats de la statuette que sa fille avait rageusement jetée au sol et sut que la femme qu'elle avait été n'existerait plus.

— Quand je respire à présent, ce n'est plus du feu qui entre dans mes poumons et en sort comme d'un lance-flammes, à me donner envie de hurler. Vous avez raison, ce ne sera peut-être pas aussi difficile que je l'ai cru.

— Osez les affronter, puisque vous savez que je ne reculerai pas.

45

A la vue de sa mère méconnaissable, rajeunie, la jeune fille marqua un temps d'arrêt. Il y avait sur son visage l'expression d'une incrédulité en même temps que d'un bonheur démesuré. Aussitôt l'appréhension d'Élisabeth tomba. Un élan inconnu la poussa vers sa fille. Elles s'embrassèrent cependant avec réserve, sans démêler la part de regret, d'espérance et de bonne volonté dans tout ce qu'elles échangeaient en se touchant à peine.

— Tu as coupé tes cheveux ! souffla Marie-Agnès hasardant sans oser l'atteindre une main vers le visage si longtemps vénéré et si profondément haï.

— C'était plus pratique pour ma cure...

Par un automatisme ancien, elle passa la main sur sa chevelure et la remit en ordre en reculant d'un pas pour mieux détailler sa fille. Elle essaya de dissimuler sa gêne devant la cotte de travail maculée de graisse et de peinture, comme n'importe quel mécano de n'importe quel garage. Elle vérifia subrepticement si elle n'avait pas été un peu souillée. Marie-Agnès subissait la séduction de sa mère, y découvrait un éclat nouveau.

— Tu aurais dû faire cette cure depuis long-temps !

Élisabeth sourit. Victor avait probablement raison : la situation mise à plat honnêtement ce soir pourra sans doute devenir vivable. Surtout si « la petite » est bientôt indépendante et si son propre projet aboutit.

Marie-Agnès la rejoignit dans ses pensées avec la précipitation d'un bambin pressé de raconter ses gloires scolaires.

— A partir du mois prochain, je gagne ma vie à Air France !

Le temps d'un éclair, et sans deviner que sa mère pensait exactement à la même chose, elle imagina que son autonomie allait peut-être leur permettre de se fréquenter, même de loin en loin. Et, qui sait ? de s'apprécier...

Marie-Agnès n'accorda pas un regard à Hubert en train de fermer à clé le coffre et les portes de sa voiture. Il entraîna Mimi du côté où l'animation justifiait leur présence, sur le bord de la piste. Il y avait un va-et-vient d'hommes en bleu de travail ou en blouson, d'autres en costume de tous les jours avec femme, enfants, père, mère et belle-mère endimanchés. Les premiers se vouaient à la réparation d'engins endommagés ou à la construction de modèles plus récents, les autres, badauds pleins de curiosité, peut-être d'envie, se laissaient aller à rêver.

Victor arriva volontairement en retard. Cela lui permit de saluer hâtivement ses amis, y compris « la petite ». Il lui demanda sur un ton de professionnel si le Stearman était prêt, et s'en fut directement vers le hangar du fond, leur hangar.

On s'affairait autour du biplan. Certains visiteurs avaient suivi les travaux durant leurs promenades dominicales de l'hiver. Ils attendaient son premier vol. On lui avait rendu ses couleurs d'origine : ailes et fuselage jaune cru avec deux larges bandes d'un vert printemps un peu acidulé de part et d'autre du plan supérieur et à l'arrière du fuselage. Sur chaque flan, en gros caractères noirs, on avait reproduit l'inscription US NAVY. En caractères encore plus gras, le numéro 238, et sur la face supérieure de l'aile gauche, l'étoile blanche américaine avec un cercle rouge en son milieu. Cette laque brillante sentait le neuf. Elle reflétait les ombres et la lumière comme de la verrerie. Au sortir du hangar le Stearman avait l'air plus fragile que n'importe quel autre avion.

Marie-Agnès emmena sa mère, non pas le voir, mais l'admirer. Elle finissait par le considérer un peu comme son œuvre après lui avoir donné des heures et des heures de son temps. Les morceaux de ferraille qu'elle avait grattés, elle les avait crus biscornus et difformes. Mais, imbriqués, les uns dans les autres, ils avaient retrouvé leur cohérence, leur rôle. Le moteur était à nouveau sous la protection du capot. Les os métalliques et huileux des jambes qui prenaient naissance quelque part dans l'entrelacs des tubes, câbles et circuits électriques du moteur, pour se terminer par une articulation savante au moyeu des roues, ces jambes qui dressaient fièrement l'avant de l'avion comme sur des ergots avaient chaussé leurs guêtres de tôle refaites à neuf. La jeune fille s'était mise à aimer le Stearman comme s'il était né de ses mains. Un ami ébéniste avait vérifié l'état de tous les bois avant l'entoilage. L'appareil était devenu l'enfant du groupe.

Chaque fois qu'elle posait le regard sur lui depuis le matin, Marie-Agnès avait la satisfaction, l'orgueil d'avoir fait quelque chose d'important cette année. Elle appartenait maintenant à un clan dont elle avait appris les codes, les valeurs, et les rires. Même si elle trouvait l'humour de ces hommes parfois un peu gras ou carrément lourd, elle avait tout de même partagé l'effort avec eux, la patience d'une collaboration sur un travail ingrat. L'un ou l'autre l'avait emmenée voler, le temps d'une petite récréation dans le vieux Morane-Saulnier. Tout cela, pour elle, valait mille fois ses heures dans un amphithéâtre ou une bibliothèque, et surtout les temps morts dans l'univers sec de sa famille.

Élisabeth fut incapable de partager cette joie, faute d'attention à ce que lui disait sa fille, à ce qu'elle lui montrait. Elle demeurait étrangère à cette ambiance. Des angoisses l'oppressaient. Entre les terreurs que lui inspiraient les sports mécaniques, le malaise un peu fébrile de ce retour dont elle appréhendait les bouleversements imminents, et l'émotion de revoir sa fille dans de bonnes dispositions, elle se sentait perdue, diluée au milieu de ces gens. Ils savaient ce qu'ils faisaient ici, même les badauds. Elle était, elle, sur un territoire qu'elle ne connaissait pas et ne pensait qu'à la soirée à venir. Son inquiétude montait.

Elle ne pouvait s'empêcher de chercher Victor à la dérobée. Après avoir tant voulu ignorer la passion du pilote en lui, elle la découvrait et avec elle, un aspect de Victor qu'elle avait toujours nié. Il caressait la toile parfaitement tendue et repeinte des ailes, refermait le poing sur les mâts et les haubans qui soutenaient et retenaient entre eux les plans supérieur et inférieur, en vérifia les attaches. Tout en parlant avec ses camarades, il monta sur l'escabeau pour jeter un coup d'œil dans le moteur, faufila une main entre les cylindres noirs qui convergeaient vers l'axe de l'hélice. Au sol, il s'empara d'un chiffon dans la boîte à outils, s'essuya les mains avec l'air concentré d'un inspecteur consciencieux qui vient de constater le bon état de l'appareil. Il y avait en lui l'expression sereine d'un amour, d'une osmose entre l'aéroplane et lui. L'engin semblait vivant par le seul fait que les hommes lui flattaient ses flancs, ses bras en toile et sa tête qui portait fièrement l'hélice, comme on le fait à son cheval. Il ne manquait presque rien pour imaginer un cœur et des sentiments dans ce montage de bois, de toile et de métal. Se pouvait-il qu'un petit pare-brise comme celui qui était devant les places en tandem pût protéger les passagers ? Et de quoi ? Du vent ? de la pluie ? Cet avion déjà presque désuet, bien qu'à peine vieux de vingt ans, monté sur deux roues avant et une roulette de queue, ne lui inspirait pas confiance. C'était bien suffisant de le considérer comme un témoin d'avant-guerre. Elle n'éprouvait pas le besoin de monter à bord. Ou bien à l'arrêt seulement. Juste pour voir les manettes et le tableau de bord, identiques à l'avant et à l'arrière. Les tubulures latérales entre les sièges et le fuselage ainsi que les circuits compliqués de fils et de câbles donnaient une impression brouillonne d'ouvrage inachevé. Pouvait-on confier sa vie à de tels engins ?

Elle ne confierait plus ses appréhensions à Victor, il lui avait si gentiment promis d'être la première passagère après le vol d'inauguration.

Quatre hommes poussèrent le Stearman vers la piste. L'un d'eux, celui qui avait mené l'ensemble des travaux, ajusta son serre-tête et referma son blouson avant de grimper à bord.

Il avait, de droit, l'honneur du vol d'inauguration.

Depuis son arrivée, Victor faisait les gestes qu'il fallait et avec la satisfaction réelle d'assister à l'aboutissement d'un travail d'équipe, mais il demeurait tourmenté et beaucoup plus que ça : bouleversé, presque anéanti.

La perspective d'avouer le soir même à « la petite » qu'il avait fait des projets avec sa mère n'était rien, ni la nécessité de mener le reste de la journée habilement pour éviter toute tension dans leur groupe. Une autre partie de son être que presque personne ici ne connaissait vivait un déchirement atroce.

Comme tous, il avait appris la chute de Diên Biên Phu l'avant-veille. Un désastre. Bien que prévisible, il l'endura comme un camouflet terrible, un soufflet magistral. Le pire, c'est que ce soufflet n'avait pas été donné par l'ennemi intelligent qui avait su mobiliser ses forces et sa foi sous le commandement du général Giap, mais infligé par son propre pays, la France. A Paris, les dirigeants avaient laissé sans contrôle sérieux une poignée de généraux céder à l'ivresse de la présomption, et le reste de la nation était resté à peu près indifférent. Les responsables de cette folle aventure avaient fanfaronné depuis le début du projet sans prendre les dispositions nécessaires pour en assurer le succès, ni oser les décisions de retrait qui auraient dû s'imposer aux moments stratégiques. Personne en haut lieu n'avait eu un geste pour arrêter l'inutile massacre, le mortifiant désastre, le suicide. Victor avait beau songer que sa présence là-bas n'aurait rien changé, il n'en avait pas moins un immense malaise qui ressemblait à du remords, à une peine sans fond. Les empreintes de la honte seraient ineffaçables. Curieuse journée que ce jour de fête du 9 mai 1954 à Buc. Il était pénible de commenter avec ses camarades la chute des siens en Indochine tout en félicitant l'équipe pour le travail accompli sur le Stearman. Les échelles de valeurs avaient basculé.

Soucieux et peiné comme il l'était, Victor ne se croyait pas moins amoureux. Cependant, quelque chose avait changé qu'il ne savait déterminer. Il recherchait de temps à autre Élisabeth des yeux tout en participant à la bonne marche des opérations. Leurs regards se croisaient, se parlaient selon leur code le plus ancien en présence de tiers. Cela ne l'empêchait pas d'avoir été content de retrouver « la petite ». « On dîne ce soir ensemble... », lui avait-il glissé à l'oreille. Il n'était pas fâché non plus d'avoir renoué ses liens en donnant une poignée de main fraternelle à Hubert et un compliment à Mimi. Mais il ne se laissait ni déborder ni disperser.

Sur un terrain d'aviation, il gardait les réflexes du métier : ne laisser aucun élément extérieur prendre place entre l'avion et soi. Un pilote doit, dans n'importe quelle circonstance, sa disponibilité à la chose volante. Encore quelques heures et la situation serait claire pour Élisabeth, sa fille, son mari et lui-même. Il sentait pourtant le poids de l'Indochine l'écraser, et ses idées n'avaient plus la netteté d'avant, ses désirs étaient devenus imprécis.

— Où est le séminariste ? avait-il demandé à Hubert en arrivant.

— Il a dit-dit qu'il viendrait un peu plus tard parce qu'il n'avait pas l'intention de vo-oler, mais que ça lui ferait du bien de sortir faire un tour par iiici dans l'après-midi.

Cela simplifiait les choses pour l'instant. Du coin de l'œil, Victor vérifiait les relations entre la mère et la fille. C'était troublant de connaître intimement l'une et l'autre, et de les voir côte à côte. Il les aurait volontiers serrées ensemble contre lui, saisi par une émotion extrême mêlée à des visions perverses. En ôtant la cale sous la roue avant gauche du Stearman, il songea à la scène du taxi, et toucha ses propres limites. Il ne supportait pas d'imaginer Élisabeth dans d'autres mains. L'idée de la partager lui était intolérable. Tandis que la petite ne lui inspirait aucune jalousie. Seul le souci de son avenir le préoccupait. D'ici quelques années, elle serait une femme accomplie et sans doute de forte personnalité. Au souvenir de leur extravagance dans le taxi, un élan d'admiration s'empara de lui. Il souhaita pour elle un bel amour. Actuellement, elle bouillonnait encore trop des fureurs de la jeunesse pour savoir utiliser son intelligence et ses sentiments comme des outils nécessaires à la construction d'une existence.

46

Le moteur éructa une première fois, une seconde, puis se mit à vrombir en crachant une fumée bleue. Victor et Hubert, mains dans les poches, assistaient côte à côte à sa mise en route. Plus loin, les trois femmes, Élisabeth, Mimi, Marie-Agnès, entourées de quelques hommes connus seulement de « la petite », en firent autant. Les visages semblaient tous tendus dans cette direction par un fil invisible. Le Stearman fila devant eux, souleva sa roulette de queue, s'éleva dans l'air, fit de gracieuses courbes, brillant dans le ciel de mai. Tout à coup, il piqua dans la frondaison qui bordait le terrain. L'effet recherché réussissait toujours. Les néophytes poussaient des cris de frayeur, cela faisait partie du jeu des pilotes. Les habitués savaient qu'en contrebas du plateau, comme s'il était passé de l'autre côté d'un décor, l'avion rasait le lit de la rivière. Élisabeth, comme les autres, hurla sous le regard satisfait et radieux de sa fille, mais se mit à sourire quand elle vit le biplan réapparaître beaucoup plus loin derrière le bosquet. Il dessina de nouvelles figures au-dessus d'eux, avant de décrire un arrondi pour se poser. Il cahota jusqu'à la bordure de la piste et s'immobilisa. Les membres de l'équipe qui l'avaient remis en état se réunirent autour du pilote sauté à terre, et prirent sur le vif ses premiers commentaires. Marie-Agnès s'était faufilée parmi eux.

Victor à son tour enfila son serre-tête, sortit de sa poche ses lunettes d'aviateur et s'enferma dans son blouson. Il fut prêt pour offrir un tour à ceux qu'un baptême de l'air tenterait.

Sur un signe qu'il lui adressa, Élisabeth approcha, mais sa fille sautait déjà prestement à la place avant, celle du passager, sans savoir qu'elle déjouait ainsi leur projet. Elle y était triomphante de tous ses droits acquis en presque huit mois de travail sur ce terrain, et forte de son titre de « favorite » de Victor Louzelergue. La question ne s'était pas posée pour elle : le premier vol avec Victor, après l'essai, lui était dû. Elle se bréla tranquillement, puis referma, avec application, un vieux blouson sur sa cotte de travail. En attendant que Victor prenne place à l'arrière comme il se devait, elle s'empara du manche à balai, le fit fonctionner comme un gosse se donne l'illusion de conduire une voiture à l'arrêt en tournant le volant. Mais elle avait appris, elle, les données de base du pilotage et faisait une sorte de répétition.

Au bout d'un moment, l'attitude de Victor au sol la surprit. Il la regardait l'air un peu idiot, médusé, et lui souriait jaune. On eût dit qu'il avait une question à lui poser mais qui restait bloquée dans sa gorge. Elle ne comprenait pas. L'hésitation durait. Il finit par se battre légèrement les flancs des deux mains en un geste d'impuissance, de résignation, se retourna vers Élisabeth et lui adressa des excuses muettes dans un regard si intense, si sincèrement désappointé qu'elle le rassura par un sourire plein d'indulgence. Sa grâce acquise « là-bas » était séduisante aux yeux de tous y compris de sa fille.

Ce fut pis que la foudre dans le cœur et l'esprit de Marie-Agnès. Elle avait capté l'échange de regards profond et riche, elle avait découvert leur harmonie. De part en part une douleur la traversa. Si vive qu'elle en perdit la vue comme si elle avait fixé le soleil. Elle comprit tout, tout, tout, jusqu'à l'intolérable : la cure à quelques kilomètres du stage de Victor, les cheveux coupés, l'allure sportive et pleine d'allant, l'air amène et même généreux de sa mère, l'arrivée un peu précipitée de Victor qui avait filé aussitôt vers le hangar comme on fuit. Elle revit toute sa vie à l'écart des grandes personnes, humiliée par sa propre mère. La température de son sang monta et sa respiration lui manqua. Tout cela était plus atroce que les « Tu te rappelles... » de jadis. Aujourd'hui, on ne l'excluait pas d'un univers qu'elle ne connaissait pas, mais bel et bien de celui qu'elle avait eu tant de mal et tant de joie à conquérir, les mains dans le décapant ou dans l'acide, au milieu d'hommes épris de liberté qu'elle avait appris à aimer.

Jusqu'au terrain de Buc, sa mère aura donc su reprendre sa prépondérance et gagner toutes les revanches. Jusqu'ici, elle sera venue lui enfoncer son talon aiguille dans le cœur. Lui écraser la face. Tout se passera donc toujours au-dessus de sa tête et entre grandes personnes ? Victor aussi la trahissait. Qui croire, maintenant ? Qui manipulait qui sur cette terre ? Où était sa place à elle désormais ? Et surtout, surtout, comment fera-t-elle à nouveau face à sa mère ? Pourra-t-elle jamais se relever de cette ultime humiliation ?

Elle vit le monde autour d'elle comme à travers un filtre rouge. Un rouge opaque, sombre, presque noir. Sous son regard congestionné, l'étendue de la piste lui fit l'effet de basculer dans la Bièvre. Les hangars allaient s'y déverser avec les avions, les voitures en stationnement, et la multitude des visiteurs inconscients de la catastrophe imminente. Le ciel aussi devint cramoisi. Quant au Stearman, il lui parut entièrement noir. Elle s'accrocha au manche à balai pour ne pas tomber dans un gouffre. Le temps n'existait plus.

Lorsqu'elle entendit gronder le moteur et trembler la carcasse de l'engin, elle réalisa qu'elle n'avait vu ni senti le pilote prendre place. Le grand vent soufflé par l'hélice lui rafraîchit un peu le sang, mais si peu. C'était surtout son cœur, distordu, gonflé, incapable de résister à des forces maléfiques qui la torturait. Pendant que le biplan prenait de la vitesse sur la piste, Marie-Agnès ne sentit plus ses membres. Sa vue déréglée lui montrait le lointain comme une muraille dressée devant eux et dans laquelle ils allaient foncer, puis exploser. Elle fut écrasée sur son siège sous le poids d'un fardeau invisible tandis que toute une litanie de mots haineux sortaient de ses lèvres, happés aussitôt par le vent. Dans le paysage couleur lie-de-vin qu'ils survolèrent, la jeune fille ne distingua pas les silhouettes au bord de la piste.

Parmi elles, il y avait pourtant sa mère.

47

Élisabeth avait accepté de bon cœur le quipro-
quo, comprenant que Victor en était le premier
désolé. Du reste l'attitude de la petite n'avait pas
été provocatrice, simplement l'aboutissement
d'une suite logique des choses. Sans le savoir, la
fille avait même sauvé la mère d'une angoisse. Élisabeth n'avait pas envie de voler. Elle ne monterait
à bord que pour plaire à Victor. Le plus tard serait
le mieux. Le malentendu l'avait donc plutôt servie.

Cependant, à mesure que l'avion évoluait au-
dessus de leur tête, enchaînant boucles et ton-
neaux, elle ne pouvait empêcher un malaise de la
gagner. Cette beauté si hardie, sur fond d'azur et
de forêt, avait été le lien fort entre Victor et sa fille.
Élisabeth assistait en ce moment à un ballet dans
lequel ils étaient des partenaires fougueux et sûrement enthousiastes. Là, plus qu'ailleurs, ils se comprenaient, là plus qu'ailleurs, ils partageaient une
passion. Elle était maintenant de trop sur le terrain. Plus la danse dans le ciel avait d'élégance,
plus elle faisait monter l'émotion chez les spectateurs, et plus son malaise à elle devenait précis,
c'est-à-dire, pour finir, insupportable. Victor et
Marie-Agnès vivaient devant elle leur connivence

de tout l'hiver. Que diable n'avaient-ils pensé à cela en tramant leur projet sur les bords de la Midouze ? Ce fut plus fort qu'elle, la haine remonta de ses profondeurs, puissante comme une dévastation. Cette enfant lui aura donc tout pris, lui aura rongé sa vie de femme jusqu'à la moelle ! Ce lui fut si intolérable qu'en peu de mots, elle les maudit l'un et l'autre tandis que le Stearman amorçait une boucle.

Pouvait-elle imaginer qu'à cette même seconde, secouée de sanglots, écrasée sur son siège par l'ascension de l'avion, sa fille touchait au désespoir ? Depuis le temps que Marie-Agnès souhaitait une scène spectaculaire, une explosion, quelque chose entre sa mère et elle, et que toujours sa volonté fléchissait sous le regard autoritaire, elle pouvait agir maintenant. Elle se le dit en une fraction de seconde. Par un réflexe de tout son être appelant le fracas et la nuit, elle s'empara du manche à balai en double commande au moment où l'avion arrivait en haut de sa boucle, et le tira vers elle en même temps qu'elle donnait un grand coup de pied dans le palonnier : le geste qui tue.

Elle eut Victor par surprise. Aurait-il pu comprendre, depuis le début de sa démonstration, que sa passagère sanglotait jusqu'à la folie ? Aurait-il pu entendre toutes les insultes qu'elle avait jetées aux vents depuis qu'ils avaient décollé, assourdi que l'on est là-dedans par les bruits du moteur ? Il s'arcbouta au manche dans cette partie de bras de fer engagée par elle. Mais déjà l'avion avait amorcé une vrille-dos qu'il savait mortelle. Effrayée aussitôt, hurlant son envie de vivre, la jeune fille lâcha prise.

— Qu'est-ce qu'il fout, nom de Dieu ? s'écria, au sol, le pilote qui venait de voler.

C'était un cri animal si chargé de terreur qu'Élisabeth le reçut comme une lame affûtée lui sectionnant une partie d'elle-même. Elle comprit le danger et ressentit une brûlure atroce dans ses chairs. On n'assistait plus à une chorégraphie admirable, mais à une chute fatale. Son cerveau se dérégla. Elle confondit la piste avec l'autodrome de Monza. Un hurlement de bête sortit de sa poitrine quand l'avion, dans un vol incertain, disparut derrière le rideau d'arbres où tout à l'heure on avait joué à se faire peur. Ses jambes lui manquèrent et Hubert, tout près, la soutint. Lui aussi était livide. Sur le terrain, les voix s'étaient tues. On attendait un bruit tragique, une colonne de fumée. Les cœurs avaient cessé de battre.

Mais Victor avait du métier.

Il avait eu le temps d'estimer qu'ils étaient à environ cinq cents mètres au-dessus du terrain quand Marie-Agnès avait fait son geste. Il faut piloter sa propre mort quand tout porte à croire qu'on y va droit. Les aviateurs le savent : le sol monte à une allure folle, et par instinct, on refuse la terre. Le premier réflexe est de vouloir remonter d'urgence, et de cabrer l'avion vers le ciel. Or, on doit annuler cet instinct, et consentir à la chute en la dirigeant soi-même. Ce que fit Victor. Au-dessus de la vallée il pouvait profiter d'une centaine de mètres supplémentaires et finir par redresser la courbe au-dessus de la rivière. C'était juste, mais il avait eu le temps de redevenir maître de la machine.

Quand le Stearman réapparut derrière le rideau d'arbres, on n'avait pas joué à se faire peur, on venait d'échapper à la mort.

La silhouette du biplan se profila dans l'axe de la piste, descendit gentiment, et toucha le sol sous les yeux d'un public blême. Il ralentit et cahota comme un oiseau blessé jusqu'au bord de la piste. Victor coupa le contact.

Alors seulement, il se laissa aller. On n'a pas le droit de donner prise à la peur en plein vol. C'est au sol que le corps se désorganise après une grande frayeur, que les jambes se mettent à trembler, et que l'esprit s'affole. Le temps d'être rejoint par ses camarades, il avait tout compris de la détresse de « la petite », et il avait eu aussi la vision fugitive, mais d'une précision inouïe, de son destin. Un pilote de chasse ne meurt pas en avion pour un malentendu amoureux. Surtout le 9 mai 1954. Des camarades luttaient encore en Indochine, après le cuisant désastre. Parmi toutes les visions qui l'assaillirent, il eut l'apparition de son ami dont le parachute s'était accroché à l'aile de son avion au-dessus de Na San. Il se frotta les yeux et l'un de ses doigts dévia dans la cassure de son arcade sourcilière. Il entrevit aussitôt le visage de son ailier mort à vingt-quatre ans sur le sol anglais, il y avait une dizaine d'année de cela, et qui lui avait laissé ce petit signe tangible, rappel permanent de leur vocation. Une multitude d'images de sa vie, de ses amours, de ses rêves, défilèrent, tandis qu'autour du Stearman on s'agitait, on le palpait, on le questionnait, on essayait d'obtenir de lui un signe de vie, un mot. Il demeurait prostré, la tête dans les mains. « La petite » venait de le rendre à son devoir, à sa destinée, c'était clair. Un instant il se crut dans le cockpit de son avion de chasse aux commandes duquel il avait accompli tant et tant de missions au Tonkin. La mort qu'il venait de frôler, il la ressentit comme une honte, un déshonneur. S'il en avait réchappé, c'était pour aller la saluer ailleurs, cette grande dame aux ailes noires. Là-bas, où l'on avait besoin de lui.

Il n'entendait pas le brouhaha des amis qui le rassuraient, lui annonçaient l'arrivée imminente d'une équipe médicale. A peine s'il avait conscience de l'agitation qui se passait à la place avant. On essayait de détacher Marie-Agnès qui se débattait et hurlait à la manière d'une démente. Son corps était habité d'une force surhumaine. Au-dessus ou à côté de tout cela, la voix de la femme pour laquelle Victor avait été prêt à dévier son existence, il y avait encore peu de temps, lui parvenait comme d'un autre monde. Elle tremblait, faible, pathétique, profonde de sentiments forts et vrais, ainsi qu'aux plus beaux moments de leur passion et elle suppliait : « Ma fille ! Ma fille ! Mon petit ! »

Victor prêta l'oreille. Ne se méprenait-il pas ? Rêvait-il ? La mère cependant continuait d'appeler son enfant. Une bouffée d'air lui emplit subitement les poumons. Il se sentit libéré de ses promesses. Alors seulement, il put relever son visage, jeter un coup d'œil sur la foule, détacher sa ceinture, descendre de l'avion, et marcher droit sans voir quiconque. L'herbe de la piste lui parut douce comme une patrie que l'on retrouve. Sur toutes les pistes du monde, en dur ou en herbe, il sera chez lui. Son seul bien, sa vraie richesse, son unique attache. Un groupe l'encadra jusqu'au restaurant.

« Ma fille ! continuait la voix d'Élisabeth, que s'est-il passé ? » Une litanie de mots incroyablement tendres et portés par une voix aux intonations chaudes, inquiètes, montaient au-dessus de celles qui donnaient des conseils pour calmer la jeune fille, la dessangler, la saisir sous les aisselles et la sortir de l'avion.

Élisabeth Bauvy ne cessa pas ses appels pendant les opérations. Tout à coup Marie-Agnès l'entendit. Comme si on venait de lui faire une piqûre sédative, elle n'eut plus de muscles, plus de nerfs. A peine eut-elle le temps de croiser le regard méconnaissable de sa mère, délavé par les larmes, qu'elle s'affaissa, tas de cuir et de toile grasse dans l'herbe. Élisabeth se mit à genoux, lui passa la main sur le front, et sanglota, sanglota, sanglota. Elle ne vit pas Hubert faire signe aux badauds de s'écarter, de les laisser seules, elle ne pensa plus à ce que diraient ou penseraient les uns et les autres. En elle une source remontait de loin, de très loin et qui donnait envie de vivre, envie d'aimer. Les sanglots continuaient, intarissables. Les larmes n'avaient plus goût de fiel, elles la traversaient comme une source bienfaisante.

Cette enfant qui avait tourné toute sa vie vers elle un regard plein d'attentes et de questions muettes, elle l'avait serrée contre son sein à la naissance, l'avait chérie. Pourquoi l'avoir ensuite rendue responsable de ses tourments ? Pourquoi lui avoir fait payer la platitude de son existence, l'erreur de son mariage ? Élisabeth sentit ses dernières résistances céder, fondre comme les armatures d'une bâtisse en flammes. Elle vit soudain qui elle avait été, désert rocailleux où plus rien ne poussait. Depuis un mois, des émotions étaient remontées en elle, depuis un mois, elle avait cru aimer. Aucun sentiment n'avait pourtant été aussi doux, aussi foisonnant et prometteur que celui qui l'envahissait tout à coup, et sortait d'elle à gros sanglots devant sa fille épuisée. « Tu es vivante... c'est un cadeau du ciel », lui dit-elle. Marie-Agnès ouvrit les yeux et chercha à se situer. Les ailes de l'avion la protégeaient du soleil et sa mère, penchée sur elle, était attentive, défaite. Dans les yeux gris-bleu, elle découvrit une bienveillance inconnue. Ils la fixaient d'un regard profond qui, pour la première fois, ne lui fit pas peur.

Dès qu'elle avait compris qu'entre son amant et sa fille, sa mère ne s'était inquiétée que d'elle, Marie-Agnès avait cru que le temps s'était arrêté, et son corps ne l'avait plus portée. Enfin elle obtenait ce qu'elle avait tant attendu : Élisabeth Bauvy à genoux et la suppliant de vivre. Elle ferma les yeux, atterrée par son geste. Pouvait-elle réellement avoir voulu périr, même le temps d'une seconde ? Il était pourtant si bon de respirer, de sentir l'odeur de l'herbe mêlée à celle de l'huile de moteur. Que lui importaient, après tout, le passé des siens à Château-Gaillard, l'attachement de Victor pour sa mère ? Elle n'avait jamais fait de projets avec lui, ne l'avait jamais aimé que d'une amitié un peu extravagante, et s'était servie de lui pour briser la dame catéchiste, l'atteindre, s'en faire reconnaître. Elle venait de gagner son pari, mais son triomphe n'avait aucune saveur. Il était trop tard pour se fabriquer des souvenirs d'enfance. Une chose l'obsédait : sa jeunesse qu'elle avait failli détruire. Elle entrevit son existence comme un vaste chantier à construire. Elle ne la brûlerait plus pour ou contre sa mère, elle avait mieux à faire. Travailler bientôt dans le milieu qu'elle avait appris à connaître près de Victor, découvrir l'amour, le monde. Elle se sentit comme neuve, libre enfin.

Elle avait arraché de ses cordes vocales tant de cris en voyant le sol monter vers l'avion à une vitesse terrifiante qu'elle ne put émettre un son. Elle tourna la tête vers le hangar, sourit à ses souvenirs déjà nombreux dans cette patrie devenue sienne, et ferma de nouveau les yeux se jurant qu'avant la fin de l'année, elle aurait son brevet de pilote. Elle ne vit pas l'équipe médicale approcher avec un brancard.

CET OUVRAGE A ÉTÉ REPRODUIT
ET ACHEVÉ D'IMPRIMER SUR ROTO-PAGE
PAR L'IMPRIMERIE FLOCH À MAYENNE
EN DÉCEMBRE 1993

Dépôt légal : janvier 1994.
Nᵒ d'édition : 35090. Nᵒ d'impression : 35226.